Le Fantôme de Canterville

suivi de

Le Prince Heureux, Le Géant Égoïste

et autres contes

Oscar Wilde

Le Fantôme de Canterville

suivi de

Le Prince Heureux,

Le Géant Égoïste

et autres contes

Librio

Texte intégral

Le Fantôme de Canterville

Fantaisie hylo-idéaliste

Traduction de Jules Castier

1

Lorsque Mr. Hiram B. Otis, le ministre américain, acheta le domaine de Canterville Chase, tout le monde lui dit qu'il faisait une folie car il n'y avait pas le moindre doute que le manoir fût hanté. À tel point, d'ailleurs, que Lord Canterville lui-même, très scrupuleux en matière d'honneur, avait estimé de son devoir d'en dire un mot à Mr. Otis quand ils en étaient venus à discuter des conditions de vente.

— Nous n'avons voulu y habiter, quant à nous, dit Lord Canterville, depuis que ma grand-tante, la duchesse douairière de Bolton, a été prise de convulsions à la suite d'une peur épouvantable, dont elle ne s'est jamais tout à fait remise, lorsque deux mains de squelette se sont posées sur ses épaules au moment où elle s'habillait pour le dîner, et je me considère comme tenu de vous dire, Mr. Otis, que le fantôme a été vu par diverses personnes de ma famille encore en vie, ainsi que par le recteur de la paroisse, le révérend Augustus Dampier, qui est diplômé de Trinity College, à Cambridge. Après le regrettable accident survenu à la duchesse, aucun de nos jeunes domestiques n'a plus voulu rester auprès de nous, et Lady Canterville a passé plus d'une nuit blanche à cause des bruits mystérieux qui venaient du couloir et de la bibliothèque.

— Milord, répondit le ministre, je suis prêt à prendre le mobilier et le fantôme à leur valeur d'estimation. Je viens d'un pays moderne, où nous avons tout ce que l'argent peut acheter; et, avec tous nos fringants jeunes gens qui viennent faire la noce en Europe, et qui enlèvent vos meilleures actrices et cantatrices, je gage que s'il y avait le moindre fantôme en Europe, nous l'aurions bien vite chez nous, dans un de nos musées publics, ou en tournée pour l'exhiber.

— Je crains que le fantôme n'existe bel et bien, dit Lord Canterville en souriant, et qu'il puisse résister aux propositions de vos imprésarios, si entreprenants soient-ils. Il est bien connu depuis trois siècles, exactement depuis 1584, et il fait toujours son apparition avant la mort d'un membre de notre famille.

— Ma foi, il en est de même du médecin de famille, tout bien considéré, Lord Canterville. Mais les fantômes n'existent pas, monsieur, et j'imagine que les lois de la nature ne vont pas se trouver suspendues pour l'aristocratie britannique.

— Vous êtes certes fort « nature », en Amérique, répondit Lord Canterville, qui ne comprit pas très bien la dernière observation de Mr. Otis, et si vous ne voyez pas d'inconvénient à la présence d'un fantôme dans la maison, tout va bien. Mais vous voudrez bien vous souvenir que je vous ai averti.

Quelques semaines après cet entretien, l'acquisition fut effectuée, et à la fin de la saison le ministre et sa famille s'installèrent à Canterville Chase.

Mrs. Otis, qui, sous le nom de Miss Lucretia R. Tappan, de West 53 Street, avait été une beauté célèbre de New York, était à présent une fort belle femme, entre deux âges, avec de beaux yeux et un profil superbe. Beaucoup d'Américaines, lorsqu'elles abandonnent leur pays natal, adoptent un air de mauvaise santé chronique, avec l'impression que c'est là une forme de raffinement européen; mais Mrs. Otis n'était jamais tombée dans ce piège. Elle avait une constitution magnifique, et une vitalité quasi animale. Certes, par beaucoup de côtés, elle était tout à fait anglaise, et elle constituait un excellent exemple de ce fait que nous avons actuellement tout en commun avec l'Amérique, hormis, bien entendu, la langue.

Son fils aîné, prénommé Washington par ses parents dans un instant de patriotisme qu'il n'avait jamais cessé de regretter, était un jeune homme aux cheveux blonds, assez beau garçon, qui s'était qualifié pour la diplomatie américaine en conduisant le cotillon au casino de Newport durant trois saisons consécutives, et il était connu, même à Londres, pour être un excellent danseur. Les gardénias et la noblesse étaient ses seules faiblesses. Pour tout le reste, il était extrêmement sensé.

Miss Virginia E. Otis était une fillette de quinze ans, souple et charmante comme un faon, avec un regard plein d'une belle liberté dans ses grands yeux bleus. C'était une amazone remarquable, et elle avait un jour fait la course sur son poney avec le vieux Lord Bilton, parcourant deux fois tout le circuit du parc, et gagnant d'une longueur et demie, juste en face de la statue d'Achille, pour le plus grand plaisir du jeune duc de Cheshire, qui avait sur-le-champ demandé sa main, et avait été renvoyé en larmes le soir même à Eton par ses tuteurs.

Après Virginia venaient les jumeaux, qu'on appelait habituellement les « Stars and Stripes », car ils recevaient constamment des corrections. C'étaient des garçons charmants, et, à l'exception du digne ministre, les seuls républicains authentiques de la famille.

Canterville Chase étant situé à onze kilomètres d'Ascot, la gare de chemin de fer la plus proche, Mr. Otis avait télégraphié pour qu'une voiture les y attendît, et ils se mirent en route pleins d'entrain.

C'était une splendide soirée de juillet, et l'air était embaumé de l'odeur des forêts de pins. De temps à autre ils entendaient un ramier écoutant complaisamment son propre roucoulement, ou apercevaient, profondément tapi parmi les fougères bruissantes, le poitrail bruni du faisan. De petits écureuils leur lançaient des regards curieux du haut des hêtres, tandis qu'ils passaient, et les lapins détalaient à toute allure à travers les fourrés et par-dessus les tertres moussus, leur queue blanche dressée en l'air.

Lorsqu'ils pénétrèrent dans l'avenue de Canterville Chase, toutefois, le ciel se couvrit de nuages, un calme bizarre parut s'emparer de l'atmosphère, un grand vol de corneilles passa silencieusement au-dessus de leurs têtes, et, avant qu'ils n'eussent atteint la maison, il était tombé quelques grosses gouttes de pluie.

Debout sur le perron, pour les recevoir, se tenait une vieille femme, proprement habillée de soie noire, en bonnet et tablier blancs. C'était Mrs. Umney, la gouvernante, que Mrs. Otis, à la prière instante de Lady Canterville, avait consenti à maintenir dans sa situation antérieure. Elle leur fit à tous une profonde révérence à mesure qu'ils descendaient de voiture, et dit, d'une gentille voix à l'ancienne mode :

— Soyez les bienvenus à Canterville Chase, je vous prie.

À sa suite, ils traversèrent le beau vestibule Tudor et entrèrent dans la bibliothèque, pièce longue et basse, lambrissée de chêne noir, au fond de laquelle il y avait une grande fenêtre à vitrail. Ils y trouvèrent le thé servi, et, après s'être débarrassés de leurs manteaux, ils s'assirent et se mirent à regarder alentour, tandis que Mrs. Umney les servait.

Tout à coup, Mrs. Otis aperçut une tache rouge sombre sur le parquet, tout près de la cheminée, et, sans la moindre idée de ce que cela pouvait être, elle dit à Mrs. Umney :

— Je crois bien qu'on a dû répandre là quelque chose.

— Oui, madame, répondit la vieille gouvernante d'une voix assourdie, on a répandu du sang en cet endroit.

— Mais c'est abominable, s'écria Mrs. Otis ; je n'aime pas du tout les taches de sang dans une pièce où l'on se tient. Il faut la nettoyer tout de suite.

La vieille femme sourit, et répondit de la même voix basse et mystérieuse :

— C'est le sang de Lady Eleanore de Canterville, qui fut assassinée en cet endroit même par son propre mari, Sir Simon de Canterville, en 1575. Sir Simon lui survécut neuf ans, et disparut tout à coup dans des circonstances fort mystérieuses. Son corps n'a jamais été découvert, mais son esprit, coupable de ce meurtre, hante encore le manoir. Cette tache de sang a été très admirée par tous les visiteurs, et il est impossible de l'enlever.

— Tout ça, c'est de la blague, s'écria Washington Otis ; le Super-Kinettoy et Extra-Détersif Pinkerton enlèvera ça en un rien de temps.

Et, avant que la gouvernante épouvantée eût eu le temps d'intervenir, il était à genoux, et frottait vivement le parquet avec un petit bâton qui ressemblait à un cosmétique noir. Au bout de quelques instants, on ne voyait plus aucune trace de la tache de sang.

— Je savais bien que le Pinkerton en viendrait à bout, s'écria-t-il triomphalement, se retournant vers sa famille pleine d'admiration.

À peine eut-il prononcé ces mots, qu'un éclair terrible illumina la pièce sombre : un coup de tonnerre épouvantable les fit tous se dresser d'un bond, et Mrs. Umney s'évanouit.

— Quel climat monstrueux ! dit avec calme le ministre américain, tout en allumant un long cigare. Je gage que la vieille terre des ancêtres est tellement surpeuplée qu'ils ne peuvent faire des conditions météorologiques convenables à tout le monde. J'ai toujours été d'avis que l'émigration était la seule chose qui convînt à l'Angleterre.

— Mon cher Hiram, s'écria Mrs. Otis, que pouvons-nous faire d'une femme qui a des évanouissements ?

— Il faut les lui retenir sur ses gages, comme les bris de vaisselle, répondit le ministre ; après cela, elle ne s'évanouira plus.

Au bout de quelques instants, Mrs. Umney revint à elle, effectivement. Il était hors de doute, cependant, qu'elle était extrêmement inquiète, et elle avertit d'un air sévère Mr. Otis d'avoir à prendre garde à quelque malheur prêt à s'abattre sur la maison.

— Monsieur, j'ai vu des choses, de mes propres yeux, dit-elle, des choses qui feraient dresser les cheveux sur la tête de n'importe quel chrétien, et nombreuses sont les nuits où je n'ai pas fermé l'œil à cause des choses épouvantables qui se passent ici.

Cependant Mr. Otis et sa femme assurèrent chaleureusement à la brave vieille qu'ils n'avaient pas peur des revenants. Après avoir appelé les bénédictions de la Providence sur son nouveau maître et sa nouvelle maîtresse, et jeté les bases d'une augmentation d'appointements, la vieille gouvernante s'en alla en chancelant vers sa chambre.

2

L'orage se déchaîna toute cette nuit-là, mais il ne se produisit rien qui mérite d'être noté. Toutefois, le lendemain matin, lorsqu'ils descendirent pour le petit déjeuner, ils retrouvèrent la terrible tache de sang sur le parquet.

— Je ne crois pas que ce soit la faute de l'Extra-Détersif, dit Washington, car je l'ai éprouvé avec tout. Ce doit être le fantôme.

Il effaça donc une seconde fois la tache, mais le lendemain matin elle reparut encore. Le jour suivant elle était encore là, bien que la bibliothèque eût été fermée à clef pour la nuit par Mr. Otis lui-même, et qu'il eût emporté la clef à l'étage. Toute la famille fut dès lors fort intéressée par cet événement; Mr. Otis commença à soupçonner qu'il avait été trop dogmatique dans sa dénégation de l'existence des spectres, Mrs. Otis manifesta son intention de faire partie de la Société Spirite, et Washington prépara une longue lettre à MM. Myers et Podmore, au sujet de la «Permanence des taches sanglantes lorsqu'elles se rattachent à un crime». Cette nuit-là, tous les doutes relatifs à l'existence objective des apparitions furent levés à tout jamais.

La journée avait été chaude et ensoleillée; et, à la fraîcheur du soir, toute la famille alla faire une promenade en voiture. Ils ne rentrèrent qu'à neuf heures, et prirent alors un souper léger. La conversation ne tomba nullement sur les fantômes, de sorte qu'il n'y eut même pas ces conditions initiales d'attente qui précèdent si souvent la manifestation de phénomènes parapsychiques. Les sujets dont il fut question, ainsi que je l'ai appris par la suite de la bouche de Mr. Otis, furent simplement de ceux qui constituent la conversation habituelle des Américains cultivés des classes supérieures – tels que l'immense supériorité, comme actrice, de Miss Fanny Davenport sur Sarah Bernhardt; la difficulté qu'il y avait à se procurer des épis de maïs vert, des galettes de sarrasin et de la bouillie de maïs, même dans les meilleures maisons anglaises; l'importance de Boston dans le développement de l'esprit universel; les avantages du système d'enregistrement des bagages dans les voyages en chemin de fer; et la douceur de l'accent de New York, en comparaison du parler traînard de Londres. Il ne fut absolument pas question de surnaturel, et l'on ne fit en aucune façon allusion à Sir Simon de Canterville. À onze heures la famille se retira, et dès onze heures et demie toutes les lumières étaient éteintes.

Quelque temps après, Mr. Otis fut réveillé par un bruit bizarre dans le couloir, à l'extérieur de sa chambre. On eût dit un tintement de métal, et il semblait se rapprocher d'instant en instant. Il se leva immédiatement, frotta une allumette et regarda l'heure. Il était exactement une heure. Mr. Otis était très calme, et se tâta le pouls, qui n'était nullement fébrile.

Le bruit étrange se prolongea encore, et il entendit en même temps distinctement un bruit de pas. Il chaussa ses pantoufles, prit dans sa mallette une petite fiole oblongue et ouvrit la porte. Juste en face de lui il vit, au pâle clair de lune, un vieillard d'aspect terrible. Il avait des yeux rouges pareils à des charbons incandescents; une longue chevelure grise lui tombait sur les épaules en tresses emmêlées; ses vêtements, d'une coupe ancienne, étaient salis et élimés. De lourdes menottes et des fers rouillés lui pendaient aux poignets et aux chevilles.

— Cher monsieur, dit Mr. Otis, permettez-moi vraiment d'insister auprès de vous pour que vous huiliez ces chaînes: je vous ai apporté à cette fin un petit flacon de lubrifiant Soleil Levant Tammany. On le dit totalement efficace dès la première application, et il y a, sur l'emballage, plusieurs attestations allant dans ce sens, émanant de quelques-uns de nos ecclésiastiques les plus éminents. Je le laisse ici pour vous, à côté des veilleuses, et je me ferai un plaisir de vous en fournir encore au cas où vous en auriez besoin.

Sur ces mots, le ministre des États-Unis posa le flacon sur une table à dessus de marbre et, fermant sa porte, se retira dans sa chambre pour se reposer.

Un instant, le fantôme de Canterville demeura absolument immobile, dans un accès d'indignation bien naturelle; puis, ayant lancé violemment le flacon sur le parquet poli, il s'enfuit le long du couloir, en poussant des gémissements sourds et en émettant une lueur verdâtre et fantomatique.

Mais, au moment précis où il atteignait le haut de l'escalier de chêne, une porte s'ouvrit brusquement, deux petits personnages apparurent, vêtus de longues robes blanches, et un gros oreiller lui frôla la tête avec un sifflement. Il n'y avait manifestement pas de temps à perdre ; aussi, adoptant à la hâte, comme moyen d'évasion, la quatrième dimension de l'espace, disparut-il à travers le lambris, et la maison devint-elle absolument silencieuse.

Dès qu'il eut atteint un petit cabinet secret dans l'aile gauche, il s'appuya contre un rayon de lune pour reprendre haleine et se mit en devoir de faire le point de sa situation. Jamais, au cours de sa carrière brillante et ininterrompue depuis trois cents ans, il n'avait été aussi grossièrement insulté. Il songea à la duchesse douairière, qu'il avait frappée d'épouvante au moment où elle se tenait debout devant son miroir avec ses dentelles et ses diamants ; aux quatre servantes, qui avaient été saisies d'une crise d'hystérie alors qu'il les avait simplement regardées avec un rire grimaçant à travers les rideaux de l'une des chambres d'invités ; au recteur de la paroisse, dont il avait soufflé la bougie tandis qu'il sortait de la bibliothèque, un soir, à une heure avancée, et qui avait été depuis lors soigné par Sir William Gull, pour des troubles nerveux qui le martyrisaient ; et à la vieille Mme de Trémouillac, qui, s'étant réveillée un matin de bonne heure et ayant aperçu un squelette assis dans un fauteuil auprès du feu et lisant son journal intime, avait dû garder le lit pendant six semaines avec une fièvre cérébrale, et qui, après sa guérison, s'était réconciliée avec l'Église et avait rompu ses relations avec ce sceptique notoire, M. de Voltaire. Il se rappela cette nuit terrible où l'abominable Lord Canterville avait été trouvé étouffant dans son cabinet de toilette, pour avoir été contraint par le fantôme – cela il le jura – à avaler le valet de carreau, qui lui était resté fiché en travers de la gorge, et dont il avoua, avant de mourir, s'être servi pour soutirer au jeu 50 000 livres à Charles James Fox, chez Crockford. Tous ses grands triomphes lui revinrent en mémoire, depuis le cas du maître d'hôtel qui s'était tué d'un coup de pistolet dans l'office parce qu'il avait vu une main verte frappant au carreau, jusqu'à celui de la belle Lady Stutfield, qui fut contrainte définitivement de porter un ruban de velours noir autour de la gorge pour cacher la brûlure qu'avaient laissée cinq doigts sur sa peau blanche, et qui finit par se noyer dans l'étang aux carpes à l'extrémité de l'Allée du Roi. Avec l'égotisme enthousiaste du véritable artiste, il passa en revue ses exploits les plus célèbres, et eut un sourire amer en se remémorant sa dernière apparition en tant que «Ruben le Rouge, ou le Nourrisson Étranglé», ses débuts comme «Gédéon le Décharné, le Suceur de Sang de Bexley Moor», et le succès prodigieux qu'il avait obtenu, par une splendide soirée de juillet, simplement en jouant aux quilles avec ses propres ossements sur le court de tennis gazonné. Et, après tout cela, quelques misérables Américains modernes venaient lui offrir le lubrifiant Soleil Levant, et lui lancer des oreillers à la tête ! C'était absolument intolérable. D'ailleurs, aucun fantôme de l'histoire n'avait jamais été traité ainsi. Aussi résolut-il de se venger, et il demeura jusqu'au jour plongé dans une profonde méditation.

3

Le lendemain matin, quand les membres de la famille Otis se retrouvèrent pour le petit déjeuner, ils parlèrent assez longuement du fantôme. Le ministre des États-Unis fut naturellement un peu contrarié de constater que son cadeau n'avait pas été accepté.

— Je n'ai nul désir, dit-il, de causer le moindre mal à ce fantôme, et je dois vous faire observer qu'étant donné le nombre de siècles qu'il a passés dans ces murs, j'estime qu'il n'est pas du tout poli de lui lancer des oreillers.

Remarque fort juste, que les jumeaux, je regrette d'avoir à le dire, accueillirent avec des éclats de rire.

— D'autre part, reprit-il, s'il refuse absolument de se servir du lubrifiant Soleil Levant, il faudra que nous lui enlevions ses chaînes. Il serait tout à fait impossible de dormir, avec un tel tintamarre juste auprès de nos chambres.

Pendant le reste de la semaine, toutefois, ils ne furent plus dérangés, la seule chose qui retînt leur attention étant le renouvellement constant de la tache de sang sur le parquet de la bibliothèque. C'était là, certes, un phénomène fort étrange, car la porte était toujours fermée à clef, le soir, par Mr. Otis, et les fenêtres tenues soigneusement closes. La couleur de la tache qui tenait du caméléon suscita aussi force commentaires. Certains jours, au matin, elle était d'un rouge sombre (presque indien) ; puis elle virait au vermillon, puis au pourpre généreux, et un jour qu'ils étaient descendus pour la prière familiale, selon les rites simples de la Libre Église Américaine Épiscopale Réformée, ils la trouvèrent d'un vert émeraude éclatant. Ces changements kaléidoscopiques amusèrent naturellement beaucoup la famille, et les paris étaient librement ouverts, à ce sujet, tous les soirs. La seule personne qui ne participât point à la plaisanterie était la petite Virginia, qui, pour quelque raison inexpliquée, paraissait toujours passablement contrariée à la vue de la tache de sang, et qui faillit pleurer le jour où elle fut vert émeraude.

La seconde apparition du fantôme eut lieu le dimanche soir. Peu après être allés se coucher, ils furent soudain alertés par un fracas épouvantable dans le vestibule. Étant redescendus précipitamment, ils constatèrent qu'une énorme armure ancienne s'était détachée de son socle, et était tombée sur le dallage, tandis qu'assis dans un fauteuil à haut dossier le fantôme de Canterville se frottait les genoux, le visage empreint d'une expression de souffrance intense. Les jumeaux, qui avaient emporté leurs sarbacanes, lui décochèrent immédiatement deux boulettes, avec cette précision dans le pointage qui ne peut être obtenue que par une pratique longue et attentive sur la personne de son maître d'écriture – cependant que le ministre des États-Unis le menaçait de son revolver et le sommait, conformément à l'étiquette californienne, de lever les mains en l'air ! Le fantôme se dressa d'un bond, avec un hurlement sauvage de colère, et les traversa comme une brume, éteignant en passant la bougie de Washington Otis, ce qui les laissa tous dans l'obscurité complète.

Lorsqu'il arriva en haut de l'escalier, il reprit ses esprits, et résolut de lancer son célèbre éclat de rire démoniaque. Il l'avait, en plus d'une circonstance, trouvé extrêmement utile. On dit que ce rire avait, en une seule nuit, fait grisonner la perruque de Lord Raker, et il avait certainement été cause que trois des gouvernantes françaises de Lady Canterville avaient donné congé avant d'avoir terminé leur premier mois. Il lança donc son rire le plus horrible, au point que les vénérables voûtes résonnèrent de son écho ; mais à peine le dernier éclat s'était-il éteint, qu'une porte s'ouvrit, et que Mrs. Otis sortit de sa chambre, vêtue d'un peignoir bleu clair.

— Votre santé me paraît vraiment laisser à désirer, dit-elle ; aussi vous ai-je apporté un flacon de l'élixir du docteur Dobell. Si vous souffrez d'une indigestion, vous constaterez que c'est un remède tout à fait excellent.

Le fantôme la fusilla du regard et s'apprêta immédiatement à se transformer en un gros chien noir, talent pour lequel il était à juste titre renommé, et auquel le médecin de la famille avait toujours attribué l'idiotie définitive de l'oncle de Lord Canterville, l'Honorable Thomas Horton. Toutefois, un bruit de pas se rapprochant le fit hésiter dans son féroce dessein, de sorte qu'il se contenta de devenir légèrement phosphorescent et de disparaître avec un gémissement sépulcral, juste au moment où les jumeaux le rejoignaient.

Ayant regagné sa chambre, il perdit totalement contenance, et devint la proie de l'agitation la plus violente. La vulgarité des jumeaux, et le matérialisme grossier de Mrs. Otis lui étaient, bien entendu, extrêmement désagréables ; mais ce qui, à dire vrai, le contrariait le plus, c'était d'avoir été incapable de revêtir l'armure. Il avait espéré que même des Américains modernes frémiraient à la vue d'un fantôme en armure, ne serait-ce, à défaut de raison plus sensée, que par respect pour leur poète national Longfellow, grâce à la poésie gracieuse et attrayante de qui il avait, quant à lui, charmé bien des heures d'ennui, pendant que les Canterville étaient à Londres. De plus, c'était sa propre armure. Il l'avait portée avec beaucoup de succès au tournoi de Kenilworth, et elle lui avait valu les compliments les plus chaleureux de la Reine Vierge elle-même. Pourtant, en essayant de la revêtir, il avait été complètement écrasé par le poids de l'énorme cuirasse et du heaume, et était tombé lourdement sur le sol dallé, s'écorchant sérieusement les deux genoux et se meurtrissant les jointures de la main droite.

Pendant les jours qui suivirent ces événements il fut extrêmement malade, et c'est à peine s'il quitta sa chambre, si ce n'est pour entretenir en bon état la tache de sang. Cependant, à force de soins, il guérit, et résolut de faire une troisième tentative en vue d'effrayer le ministre des États-Unis et sa famille. Il choisit le vendredi 17 août pour effectuer son apparition, et employa la majeure partie de cette journée à passer en revue sa garde-robe. Il se décida finalement pour un grand chapeau de feutre mou avec une plume rouge, un linceul plissé aux poignets et au col, et un poignard rouillé.

Vers le soir il y eut un violent orage, et le vent était tellement déchaîné que toutes les fenêtres et les portes de la vieille maison tremblaient et claquaient. Bref, c'était précisément le genre de temps qu'il aimait. Voici quel était son plan de bataille : il devait se rendre sans bruit dans la chambre de Washington Otis, lui adresser, du pied du lit, un baragouin inintelligible, et s'enfoncer par trois fois le poignard dans la gorge aux sons d'une musique lente. Il en voulait tout particulièrement à Washington, car il savait fort bien que c'était lui qui avait l'habitude d'effacer la célèbre tache de sang de Canterville avec de l'Extra-Détersif Pinkerton. Ayant ainsi amené le jouvenceau téméraire et imprudent à un état de terreur abjecte, il devait alors se rendre dans la chambre occupée par le ministre des États-Unis et sa femme, et là, poser une main moite sur le front de Mrs. Otis, cependant qu'il susurrerait, à l'oreille de son mari, les secrets effroyables du charnier.

En ce qui concerne la petite Virginia, il ne s'était pas encore entièrement décidé. Elle ne l'avait jamais insulté d'aucune façon, et elle était jolie et douce. Quelques gémissements sourds issus de l'armoire, pensait-il, seraient largement suffisants, et si cela ne réussissait pas à la réveiller, il pourrait tirailler son couvre-pied avec des gestes saccadés de paralytique.

Quant aux jumeaux, il était absolument décidé à leur donner une leçon. La première chose à faire, c'était, bien entendu, de s'asseoir sur leur poitrine, de façon à produire une sensation étouffante de cauchemar. Puis, comme leurs lits étaient tout près l'un de l'autre, de se tenir debout entre les deux, en prenant la forme d'un cadavre livide et froid comme la glace, jusqu'à ce qu'ils fussent paralysés de peur, et enfin de rejeter le linceul et de ramper autour de la pièce, avec ses ossements tout blanchis et un seul œil qu'il ferait rouler dans son orbite – tenant ainsi le rôle de « Daniel le Muet, ou le Squelette du Suicidé », personnage sous la forme duquel il avait en plus d'une circonstance produit un effet sensationnel, et qu'il considérait comme valant largement son célèbre rôle de « Martin le Maniaque, ou le Mystère Masqué ».

À dix heures et demie, il entendit la famille aller se coucher. Pendant quelque temps il fut dérangé par les éclats de rire déchaînés des jumeaux, qui, avec la gaieté insouciante des écoliers, s'amusaient manifestement avant de se retirer pour la nuit ; mais à onze heures et quart, tout était silencieux, et, aux douze coups de minuit, il se mit en route. La chouette battait des ailes contre les vitres, le corbeau croassait du haut du vieil if, et le vent errait en gémissant comme une âme en peine autour de la maison ; mais la famille Otis dormait, sans se douter du sort qui l'attendait, et il entendit, dominant de haut la pluie et le vent, le ronflement régulier du ministre des États-Unis. Il sortit à pas de loup de derrière le lambris, avec un sourire méchant aux coins de sa bouche cruelle et ridée, et la lune se voila la face derrière un nuage quand il passa à pas de loup devant la grande fenêtre en encorbellement, où ses propres armes, et celles de son épouse assassinée, étaient blasonnées en azur et or. Il poursuivit son chemin sans bruit, comme une ombre mauvaise, et l'obscurité elle-même semblait l'avoir en horreur tandis qu'il avançait. À ce moment, il crut entendre un appel, et s'arrêta; mais ce n'était que l'aboiement d'un chien de la Ferme Rouge, et il reprit sa marche, en marmottant d'étranges jurons du XVIe siècle et en brandissant à tout instant le poignard rouillé dans l'air de minuit. Enfin il atteignit l'angle du couloir qui menait à la chambre de l'infortuné Washington. Un instant, il s'y arrêta, cependant que le vent faisait voler ses longues boucles grises autour de sa tête, et tordait en plis grotesques et fantastiques l'horreur sans nom du linceul du mort. L'horloge sonna le quart, et il se dit que l'heure était venue. Il eut un rire intérieur et tourna le coin du couloir; mais à peine l'eut-il fait qu'il recula avec un gémissement pitoyable de terreur et cacha son visage blême dans ses longues mains osseuses.

Juste en face de lui se dressait un spectre horrible, immobile ainsi qu'une image taillée, et monstrueux comme le rêve d'un dément! Sa tête était chauve et brunie, son visage, rond, gras et blanc; et un rire hideux semblait lui avoir tordu les traits en une grimace éternelle. Des yeux, s'échappaient à flots des rais de lumière écarlate, la bouche était un large puits de feu, et un vêtement hideux, pareil au sien, enveloppait de ses neiges silencieuses la forme titanesque. Sur sa poitrine, était fixé un écriteau portant une inscription étrange en caractères antiques, et cela ressemblait à un parchemin ignominieux, où aurait été inscrite une liste de péchés épouvantables, une sorte de calendrier du crime; et, dans la main droite, l'apparition brandissait un glaive d'acier brillant.

N'ayant encore jamais vu de fantôme, il fut naturellement fort épouvanté et, après un second coup d'œil lancé en hâte sur l'effarante apparition, il s'enfuit vers sa chambre en trébuchant dans son suaire, tandis qu'il courait dans les couloirs. Finalement il laissa tomber le poignard rouillé dans les bottes du ministre, où il fut retrouvé le lendemain matin par le valet. Une fois dans ses appartements, il se jeta sur un petit grabat et enfouit son visage sous les couvertures. Au bout de quelque temps, toutefois, le vieux courage des Canterville reprit le dessus, et il résolut d'aller parler à l'autre fantôme lorsqu'il ferait jour. Aussi, dès que l'aube eut commencé à tacher d'argent les collines, retourna-t-il vers l'endroit où il avait aperçu pour la première fois le fantôme menaçant, ayant le sentiment qu'après tout deux fantômes valaient mieux qu'un seul, et que, grâce à l'aide de son nouvel ami, il pourrait en toute sécurité se colleter avec les jumeaux. Une fois sur place, cependant, un spectacle terrible s'offrit à sa vue. Il était manifestement arrivé un malheur au spectre, car la lumière s'était totalement évanouie de ses yeux creux, le glaive luisant était tombé de sa main, et il s'appuyait au mur dans une attitude tendue et incommode. Le fantôme s'élança en avant et le saisit dans ses bras, lorsque, à sa grande horreur, la tête se détacha et roula à terre, le corps prit une position couchée, et il se retrouva en train d'étreindre un rideau de lit en basin blanc, tandis qu'un balai, un couperet de cuisine et un navet creux gisaient à ses pieds ! Incapable de comprendre cette transformation curieuse, il saisit le panneau avec une hâte fébrile, et il y lut, à la lumière grise du matin, ces mots effrayants :

Iceluy phantasme des Otis
Seul spectre véritable et original
Méfiez-vous des contrefaçons
Tous autres sont faux

Comme un éclair, la vérité se fit jour dans son esprit. On s'était moqué de lui, il avait été joué, floué ! Le vieux regard des Canterville passa dans ses yeux ; il serra ses gencives édentées ; et, levant ses mains flétries au-dessus de sa tête, il jura, selon la phraséologie pittoresque de la vieille école, que « quand Chantecler aurait fait retentir par deux fois son cor joyeux, la geste de sang s'accomplirait, et le Meurtre se mettrait en chemin, de sa démarche silencieuse ».

À peine eut-il proféré ce serment effroyable, que, du haut du toit aux tuiles rouges d'une ferme lointaine, un coq chanta. Il partit d'un long rire, bas et amer, et attendit. D'heure en heure, il prolongea son attente, mais le coq, pour quelque raison étrange, ne chanta plus. Enfin, à sept heures et demie, l'arrivée des servantes le contraignit à abandonner son effrayante veille, et il regagna doucement sa chambre, songeant à son vain espoir et à son dessein contrecarré. Là, il consulta plusieurs livres de chevalerie ancienne, qu'il affectionnait beaucoup, et constata que, chaque fois qu'on avait fait usage de son serment, Chantecler avait toujours chanté une seconde fois.

— Que la vilaine beste périsse de male mort, marmotta-t-il. Fut un temps où, de mon fier épieu, je l'eusse embrochée par la gorge, et l'eusse fait chanter pour moi, fût-ce en la mort !

Il se retira alors dans un confortable cercueil de plomb, où il demeura jusqu'au soir.

4

Le lendemain, le fantôme se sentit très faible et fatigué. La surexcitation terrible des quatre dernières semaines commençait à faire sentir son effet. Ses nerfs étaient complètement à vif, et il sursautait au moindre bruit. Durant cinq jours, il garda la chambre, et se décida enfin à abandonner la question de la tache de sang sur le parquet de la bibliothèque. Puisque la famille Otis n'en voulait pas, c'est que manifestement elle ne la méritait point. C'étaient de toute évidence des gens habitués à vivre sur un plan d'existence bas et matérialiste, et tout à fait incapables d'apprécier la valeur symbolique des phénomènes extra-sensoriels. La question des apparitions, et du développement des corps astraux, était, bien entendu, fantasmagorique, tout autre chose, et cela ne dépendait pas vraiment de lui. Il était de son devoir solennel d'apparaître dans le couloir une fois par semaine, et de lancer des cris inarticulés, du fond de la grande fenêtre en encorbellement, le premier et le troisième mercredi de chaque mois ; et il ne voyait pas comment il aurait pu se dérober honorablement à ses obligations. Il est vrai que sa vie avait été fort mauvaise, mais, d'un autre côté, il était très consciencieux pour tout ce qui touchait au surnaturel. Aussi traversa-t-il le couloir, chacun des trois samedis suivants, comme d'habitude, entre minuit et trois heures, en prenant toutes les précautions possibles pour n'être ni vu ni entendu. Il ôtait ses bottes, posait les pieds aussi légèrement que possible sur les vieilles lames de parquet vermoulues, s'enveloppait d'un vaste manteau de velours noir, et prenait soin de se servir du lubrifiant Soleil Levant pour huiler ses chaînes. Je dois avouer que c'est avec beaucoup de réticence qu'il se résolut à adopter ce dernier procédé.

Un soir, cependant, tandis que la famille était en train de dîner, il se glissa dans la chambre de Mr. Otis et emporta le flacon. Il se sentit d'abord un peu humilié, mais, par la suite, il fut assez avisé pour se rendre compte que cette invention n'était pas sans présenter de grands avantages, et, dans une certaine mesure, elle fut utile à son dessein. Malgré toutes ces précautions, il ne s'en tira pas sans égratignures. Des ficelles étaient continuellement tendues en travers du couloir, et il s'y prenait les pieds dans l'obscurité ; un jour, alors qu'il s'était habillé pour le rôle d'« Isaac le Noir, ou le Chasseur des bois de Hogley », il fit une chute grave, pour avoir marché sur une pente savonnée, que les jumeaux avaient installée depuis l'entrée de la chambre aux Tapisseries jusqu'au sommet de l'escalier de chêne. Cette dernière insulte le mit dans une rage telle qu'il résolut de tenter un suprême effort pour raffermir sa dignité et son rang, et il se décida à rendre visite aux jeunes Etoniens insolents la nuit suivante, dans son célèbre rôle de « Rupert le Téméraire, ou le Comte sans Tête ».

Il y avait plus de soixante-dix ans qu'il n'avait paru sous ce déguisement, exactement depuis qu'il avait, par ce moyen, tellement effrayé la jolie Lady Barbara Modish, qu'elle avait soudain rompu ses fiançailles avec le grand-père de l'actuel Lord Canterville, pour s'enfuir à Gretna Green avec le beau Jack Castleton, déclarant que rien au monde ne l'amènerait à s'allier à une famille qui permettait à un fantôme aussi horrible de déambuler sur la terrasse, au crépuscule. Le pauvre Jack fut plus tard tué en duel, d'un coup de pistolet, par Lord Canterville, sur le pré communal de Wandsworth, et Lady Barbara mourut de chagrin à Tunbridge Wells avant que l'année fût écoulée : ç'avait donc, à tous points de vue, été un grand succès. Toutefois, ce rôle supposait une présentation physique extrêmement difficile, s'il m'est permis d'employer cette expression empruntée au théâtre à propos de l'un des plus grands mystères du surnaturel, ou, pour faire usage d'un terme plus scientifique, du monde supranaturel ; et il lui fallut largement trois heures pour faire ses préparatifs. Enfin, tout fut prêt, et il fut fort content de son aspect. Les grosses bottes de cuir à l'écuyère qui allaient avec le costume étaient bien un tantinet trop grandes pour lui, et il ne put trouver que l'un des deux pistolets d'arçon ; mais, dans l'ensemble, il fut pleinement satisfait et, à une heure et quart, il se glissa hors du lambris et descendit tout doucement le couloir.

Lorsqu'il arriva à la chambre occupée par les jumeaux – désignée, je dois le dire en passant, sous le nom de chambre Bleue, en raison de la couleur de ses tentures –, il trouva la porte entrebâillée.

Désirant faire une entrée remarquée, il l'ouvrit toute grande, d'un geste violent, lorsqu'un lourd broc d'eau lui tomba dessus, le trempant jusqu'aux os, et manquant de quelques centimètres seulement son épaule gauche. Au même instant, il entendit des éclats de rire étouffés provenant du lit à colonnes. Le choc qu'en ressentit son système nerveux fut si grand qu'il s'enfuit dans sa chambre à toutes jambes ; le lendemain, il fut immobilisé par un gros rhume. La seule chose qui le consolait dans toute l'affaire, c'était de n'avoir pas emporté sa tête, car s'il l'avait fait, les conséquences auraient pu être très graves.

Il renonça dès lors à tout espoir d'effrayer jamais cette grossière famille américaine, et se contenta, en général, de rôder le long des couloirs, chaussé de pantoufles de lisière, avec un épais cache-nez rouge autour de la gorge, de peur des courants d'air, et une petite arquebuse, pour le cas où il aurait été attaqué par les jumeaux.

Le coup final qu'il reçut se produisit le 19 septembre. Il était descendu dans le vestibule d'honneur, se sentant assuré que là, du moins, il ne serait aucunement molesté, et s'amusait à faire des réflexions satiriques sur les grandes photographies, par Saroni, du ministre des États-Unis et de sa femme, qui avaient à présent pris la place des portraits de famille des Canterville. Il était vêtu simplement mais proprement d'un long linceul, maculé de terreau de cimetière ; il s'était attaché la mâchoire avec une bande de linge jaune, et portait une petite lanterne et une pelle de fossoyeur. En fait, il était costumé pour le rôle de « Jonas sans Tombe, ou le Voleur de Cadavres de Chertsey Barn », une de ses créations les plus remarquables, et l'une de celles dont les Canterville avaient toutes les raisons de se souvenir, car c'était là l'origine véritable de leur querelle avec leur voisin, Lord Rufford. Il était environ deux heures et quart du matin, et, pour autant qu'il pouvait s'en rendre compte, nul ne remuait. Cependant, tandis qu'il se dirigeait lentement vers la bibliothèque pour voir s'il restait quelques traces de la tache de sang, deux personnages bondirent tout à coup sur lui du fond d'un recoin sombre, agitant follement les bras au-dessus de leur tête, et lui hurlant « Bou ! » à l'oreille.

Saisi de panique, ce qui, vu les circonstances, était bien naturel, il se précipita dans l'escalier, mais trouva Washington Otis qui l'y attendait, muni de la grande seringue du jardin. Se voyant ainsi encerclé de toutes parts par ses ennemis, et presque aux abois, il disparut dans le gros poêle de fonte, qui, heureusement pour lui, n'était pas allumé, et il fut obligé de rentrer chez lui par les carneaux et les cheminées, arrivant dans sa chambre dans un état affreux de saleté, de désordre, et de désespoir.

Après cela, on ne le vit plus en expédition nocturne. Les jumeaux se tinrent en embuscade à plusieurs reprises pour le surprendre, et parsemèrent tous les soirs les couloirs de coques de noix, au grand ennui de leurs parents et des domestiques, mais ce fut en vain. Il était bien manifeste qu'il se sentait tellement blessé dans ses sentiments, qu'il refusait d'apparaître. Mr. Otis, en conséquence, se remit à son important travail sur l'histoire du Parti démocrate, auquel il se consacrait depuis plusieurs années; Mrs. Otis organisa un merveilleux pique-nique aux palourdes, qui fit sensation dans le comté; les gamins s'adonnèrent à des parties de lacrosse, d'euchre, de poker, et autres jeux nationaux américains; et Virginia parcourut les chemins sur son poney, accompagnée par le jeune duc de Cheshire, qui était venu passer la dernière semaine de ses vacances à Canterville Chase. Il fut généralement admis que le fantôme était parti, et, en vérité, Mr. Otis écrivit une lettre en informant Lord Canterville, qui, en réponse, exprima la grande satisfaction que lui causait cette nouvelle, et adressa ses compliments à la digne épouse du ministre.

Les Otis, cependant, se trompaient, car le fantôme était toujours dans la maison; et, bien qu'il fût maintenant presque réduit à l'état d'invalide, il n'était nullement disposé à en rester là, d'autant moins qu'il avait appris que, parmi les invités, se trouvait le jeune duc de Cheshire, dont le grand-oncle, Lord Francis Stilton, avait un jour parié cent guinées avec le colonel Carbury qu'il ferait une partie de dés avec le fantôme de Canterville, et avait été retrouvé le lendemain matin étendu sur le parquet de la salle de jeu, dans un tel état d'impotence paralytique que, bien qu'il vécût jusqu'à un âge avancé, il ne fut plus capable de dire autre chose que « Double Six ».

L'histoire s'était ébruitée à l'époque, bien que, naturellement, par respect envers les sentiments des deux familles, l'on eût fait tout son possible pour l'étouffer ; et l'on trouvera un récit détaillé de tous les événements qui s'y rattachent dans le troisième volume des *Souvenirs du Prince Régent et de ses Amis*, de Lord Tattle.

Le fantôme était donc naturellement très désireux de montrer qu'il n'avait pas perdu son influence sur les Stilton, à qui, en vérité, il était apparenté de loin, sa propre cousine germaine ayant épousé en secondes noces le sire de Bulkeley, de qui, comme chacun sait, descend toute la lignée des ducs de Cheshire. Aussi prit-il ses dispositions pour apparaître devant le petit amoureux de Virginia sous la forme de sa célèbre création : « Le Moine Vampire, ou le Bénédictin Exsangue » – vision tellement horrible que, lorsque la vieille Lady Startup en avait été témoin, ce qui était arrivé un soir fatal de Saint-Sylvestre, en l'an 1764, elle s'était mise à pousser des cris perçants, qui avaient abouti à une apoplexie violente, si bien qu'elle était morte au bout de trois jours, après avoir déshérité les Canterville, qui étaient ses parents les plus proches, et laissé tout son argent à son apothicaire de Londres… Au dernier moment, toutefois, la terreur que lui inspiraient les jumeaux l'empêcha de quitter sa chambre ; le petit duc dormit donc en paix sous le grand dais emplumé de la chambre Royale, et rêva de Virginia.

5

Quelques jours après ces événements, Virginia et son cavalier aux cheveux bouclés se promenèrent à cheval à travers les prés de Brockley, où elle fit un accroc si désastreux à son amazone en sautant une haie, qu'elle résolut, en rentrant, de monter par l'escalier de service afin qu'on ne la vît pas. Alors qu'elle passait en courant devant la chambre aux Tapisseries, dont la porte était ouverte, il lui sembla voir quelqu'un dans la pièce, et, croyant que c'était la femme de chambre de sa mère, qui s'y installait parfois avec son ouvrage, elle y entra pour lui demander de faire une reprise à sa jupe.

Mais, à sa grande surprise, c'était le fantôme de Canterville en personne ! Il était assis à la fenêtre, observant l'or en ruine des feuilles jaunissantes tourbillonner dans l'air, et les feuilles rouges danser follement dans la longue avenue. Sa tête était appuyée dans sa main, et toute son attitude exprimait un abattement extrême. En vérité, il avait l'air si triste et en si piteux état, que la petite Virginia, dont la première pensée avait été de s'enfuir et de s'enfermer à clef dans sa chambre, fut remplie de pitié, et résolut d'essayer de le consoler. Sa démarche était si légère, et si profonde la mélancolie du fantôme, qu'il ne s'aperçut pas de sa présence avant qu'elle lui eût parlé.

— Je vous plains bien sincèrement, dit-elle, mais mes frères rentrent demain à Eton, et alors, si vous vous conduisez bien, personne ne vous tracassera.

— Il est absurde de me demander de me bien conduire, répondit-il, se retournant vers la jolie fillette qui avait osé lui adresser la parole, absolument absurde. Il faut que je secoue mes chaînes, et que je gémisse à travers les trous des serrures, et que j'erre pendant la nuit, si c'est là ce que vous voulez dire. C'est ma seule raison d'être.

— Ce n'est nullement là une raison d'être, et vous savez que vous avez été très méchant. Mrs. Umney nous a dit, le jour même de notre arrivée, que vous aviez tué votre femme.

— Oh ! je le reconnais volontiers, dit le fantôme d'un ton irrité, mais ce fut là strictement une affaire de famille, qui ne regardait personne d'autre.

— C'est fort mal de tuer qui que ce soit, dit Virginia, qui avait par moments une charmante gravité, héritée de quelque lointain ancêtre de la Nouvelle-Angleterre.

— Oh ! comme je déteste la sévérité facile de l'éthique abstraite ! Ma femme était fort laide, elle ne faisait jamais empeser convenablement mes collerettes, et n'entendait rien à la cuisine. Voyons ! Je me souviens d'un daim que j'avais abattu dans les bois de Hogley, un daguet magnifique, et savez-vous comment elle l'a fait servir à table ?... Enfin, peu importe, à présent, car tout cela est passé ; et j'avais beau l'avoir tuée, je ne trouve pas que ç'ait été bien gentil de la part de ses frères de me faire mourir de faim.

— Vous faire mourir de faim ? Oh ! monsieur le Fantôme – je veux dire : Sir Simon –, avez-vous faim ? J'ai un sandwich dans mon sac. Le voulez-vous ?

— Non, merci ; je ne mange jamais rien, à présent ; mais c'est bien aimable à vous, néanmoins, et vous êtes beaucoup plus gentille que le reste de votre affreuse famille, si grossière, si vulgaire, et si malhonnête !

— Assez ! s'écria Virginia, en frappant du pied le parquet, c'est vous qui êtes grossier, affreux et vulgaire ; et quant à la malhonnêteté, vous savez fort bien que vous avez volé les couleurs dans ma boîte, pour essayer de raviver cette ridicule tache de sang dans la bibliothèque. Vous avez commencé par prendre tous mes rouges, y compris le vermillon, de sorte que je n'ai plus pu faire de couchers de soleil ; puis vous avez pris le vert émeraude et le jaune de chrome, et finalement il ne m'est plus rien resté que l'indigo et le blanc de Chine, si bien que je n'ai pu faire rien d'autre que des clairs de lune, qui sont toujours déprimants à regarder, et qui ne sont pas faciles du tout à peindre. Je ne vous ai jamais dénoncé, bien que je fusse fort contrariée, et toute cette histoire était ridicule : car qui a jamais entendu parler de sang vert émeraude ?

— Enfin, voyons, dit le fantôme, d'un air assez penaud, que vouliez-vous que je fisse ? Il est fort difficile de se procurer du sang, à notre époque, et puisque votre frère est à l'origine de toute l'affaire avec son Extra-Détersif, je n'ai vu aucune raison de ne pas m'approprier vos couleurs. Quant à la teinte, c'est toujours une affaire de goût: les Canterville ont du sang bleu, par exemple – le plus bleu qui soit en Angleterre; mais je sais que, vous autres Américains, vous ne vous intéressez pas aux choses de ce genre.

— Vous n'en savez absolument rien, et ce que vous auriez de mieux à faire, ce serait d'émigrer, pour vous cultiver l'esprit. Mon père ne sera que trop heureux de vous accorder un passage gratuit, et bien qu'il y ait des droits élevés sur les spiritueux de toute nature, il n'y aura pas de difficultés à la douane, car les fonctionnaires y sont tous démocrates. Une fois à New York, vous aurez certainement beaucoup de succès. Je connais des tas de gens qui donneraient cent mille dollars pour avoir un grand-père, et bien plus encore pour avoir un fantôme de famille.

— Je crois que cela ne me plairait pas, l'Amérique.

— Sans doute parce que nous n'avons pas de ruines ni de curiosités, dit Virginia d'un ton sarcastique.

— Pas de ruines? Pas de curiosités? répondit le fantôme. Vous avez votre marine et vos façons.

— Bonsoir; je vais aller demander à papa d'obtenir pour les jumeaux huit jours de congé supplémentaires.

— Je vous en prie, ne partez pas, Miss Virginia! s'écria-t-il. Je suis si solitaire et si malheureux, et je ne sais vraiment que faire! Je voudrais m'endormir, et je ne le puis pas.

— Voilà qui est complètement absurde! Vous n'avez tout simplement qu'à vous mettre au lit et à souffler la bougie. Il est très difficile, parfois, de rester éveillé, en particulier à l'église, mais il n'y a absolument aucune difficulté à s'endormir. Voyons, les bébés eux-mêmes savent faire cela, et ils ne sont pas très malins.

— Il y a trois cents ans que je n'ai pas dormi, dit-il tristement, et les beaux yeux bleus de Virginia s'agrandirent, pleins d'étonnement, oui, je n'ai pas dormi depuis trois cents ans, et je suis si fatigué!

Virginia devint toute grave, et ses petites lèvres frémirent, pareilles à des pétales de rose. Elle s'approcha et, s'agenouillant tout contre lui, leva les yeux sur son vieux visage flétri.

— Pauvre, pauvre fantôme, murmura-t-elle; n'avez-vous nul endroit où vous puissiez dormir?

— Au loin, là-bas, au-delà des bois de pins, répondit-il, d'une voix lente et rêveuse, il y a un petit jardin. L'herbe y croît, longue et drue ; il y a là les grosses étoiles blanches de la fleur de ciguë, et le rossignol y chante toute la nuit. Toute la nuit, il chante ; et la lune froide, pareille à un globe de cristal, penche ses regards sur ce jardin ; et l'if étend ses bras géants au-dessus des dormeurs.

Les yeux de Virginia s'embuèrent de larmes, et elle se cacha la tête dans les mains.

— Vous voulez dire le Jardin de la Mort, chuchota-t-elle.

— Oui, la Mort. Comme la Mort doit être belle ! Reposer dans la terre molle et brune, tandis que les herbes vous ondulent au-dessus de la tête, et écouter le silence. N'avoir pas d'hier, et pas de demain… Oublier le temps, oublier la vie, être en paix… Vous pouvez m'aider. Vous pouvez m'ouvrir le portail de la maison de la Mort, car l'Amour est toujours avec vous, et l'Amour est plus fort que la Mort.

Virginia se mit à trembler ; elle fut parcourue d'un frisson glacial, et pendant quelques instants il y eut un silence. Elle avait l'impression d'être au milieu d'un rêve terrible.

Puis le fantôme se remit à parler, et sa voix ressemblait aux soupirs du vent :

— Avez-vous lu la vieille prophétie sur la fenêtre de la bibliothèque ?

— Oh ! souvent, s'écria la fillette, levant les yeux, je la connais fort bien. Elle est peinte avec de drôles de lettres noires, et elle est difficile à lire. Il n'y a que six vers :

Quand celle aux cheveux d'or aura su arracher
Les mots d'une prière aux lèvres du péché,
Quand l'amandier stérile aura repris ses charmes,
Et qu'un petit enfant aura donné ses larmes,
Alors, cette maison redeviendra tranquille
Et la paix reviendra devers les Canterville.

Mais je ne sais pas ce qu'ils signifient.

— Ils signifient, dit-il tristement, qu'il faut que vous pleuriez sur mes péchés, parce que je n'ai point de larmes, et que vous priiez avec moi pour mon âme, parce que je n'ai point de foi, et alors, si vous avez toujours été douce, sage et gentille, l'Ange de la Mort aura pitié de moi. Vous verrez des formes effarantes dans l'obscurité, et des voix mauvaises vous parleront tout bas à l'oreille, mais elles ne vous feront pas de mal, car contre la pureté d'une enfant les puissances de l'Enfer ne peuvent rien.

Virginia ne répondit rien, et le fantôme se tordit les mains en signe de désespoir farouche, tandis qu'il abaissait son regard sur la tête penchée et dorée de la fillette. Tout à coup elle se redressa, toute pâle, avec une lueur étrange dans les yeux.

— Je n'ai pas peur, dit-elle avec fermeté, et je demanderai à l'Ange d'avoir pitié de vous.

Il se leva de son siège avec un léger cri de joie, et, lui prenant la main, se pencha sur elle avec une grâce d'un autre temps, et la baisa. Il avait les doigts froids comme de la glace, et les lèvres brûlantes comme du feu, mais Virginia n'hésita pas, tandis qu'il lui faisait traverser la pièce plongée dans la pénombre. Sur les tapisseries vertes et fanées étaient brodés de petits chasseurs. Ils sonnaient de leurs cors garnis d'aiguillettes et, de leurs petites mains, lui faisaient signe de revenir. « Reviens, petite Virginia, criaient-ils, reviens ! » Mais le fantôme lui agrippa la main plus étroitement, et elle ferma les yeux pour ne pas les voir. Des animaux horribles, à la queue de lézard et aux yeux protubérants, clignaient vers elle du haut de la cheminée sculptée, et murmuraient : « Prends garde, petite Virginia, prends garde ! Il se peut que nous ne te revoyions plus jamais ! », mais le fantôme avança plus vite de sa démarche glissée, et Virginia ne les écouta pas. Quand ils eurent atteint le fond de la pièce, il s'arrêta, et marmotta quelques mots qu'elle fut incapable de comprendre. Elle ouvrit les yeux et vit le mur qui s'évanouissait lentement comme une brume, et, devant elle, une grande caverne noire. Un vent froid et mordant les enveloppa, et elle sentit quelque chose qui tirait sa robe. « Vite, vite, s'écria le fantôme, sinon, il sera trop tard ! » En un instant, le lambris s'était refermé sur eux, et la chambre aux Tapisseries était vide.

6

Une dizaine de minutes plus tard, la cloche sonna pour le thé, et, comme Virginia ne descendait pas, Mrs. Otis dépêcha là-haut l'un des laquais, pour la prévenir. Il revint au bout d'un petit moment, disant qu'il ne trouvait nulle part Miss Virginia. Comme elle avait l'habitude de sortir tous les soirs au jardin afin de cueillir des fleurs pour orner la table, au dîner, Mrs. Otis ne fut pas inquiète tout d'abord; mais lorsque six heures sonnèrent, sans que parût Virginia, elle fut sérieusement agitée, et envoya les garçons à sa recherche, cependant qu'elle-même, avec Mr. Otis, fouillait chacune des pièces de la maison. À six heures et demie les garçons rentrèrent, disant qu'ils ne trouvaient nulle part trace de leur sœur. Ils étaient tous, à présent, dans un état de violente surexcitation, et ne savaient que faire, lorsque Mr. Otis se rappela tout à coup qu'il avait, quelques jours auparavant, autorisé une bande de romanichels à camper dans le parc. Aussi se mit-il immédiatement en route pour Blackfell Hollow, où il savait qu'ils se trouvaient, accompagné de son fils aîné et de deux des valets de ferme. Le petit duc de Cheshire, qui était absolument fou d'inquiétude, supplia instamment qu'on lui permît d'y aller, lui aussi, mais Mr. Otis ne voulut pas l'y autoriser, car il craignait l'éventualité d'une altercation. En arrivant sur les lieux, toutefois, il constata que les romanichels étaient partis, et il était manifeste que leur départ avait été assez soudain, car le feu était encore allumé, et plusieurs assiettes jonchaient l'herbe. Ayant dépêché Washington et les deux hommes pour fouiller les environs, il se hâta de rentrer à la maison, et envoya des télégrammes à tous les inspecteurs de police du comté, leur disant de rechercher une fillette qui avait été enlevée par des chemineaux ou des romanichels. Il fit alors amener son cheval et, après avoir insisté pour que sa femme et les trois garçons se missent à table pour dîner, il s'éloigna le long de la route d'Ascot avec un palefrenier.

À peine, cependant, eut-il parcouru deux ou trois kilomètres, qu'il entendit quelqu'un qui galopait derrière lui pour le rejoindre, et, se retournant, il vit le petit duc qui arrivait sur son poney, le sang aux joues, et sans chapeau.

— Je regrette vivement, Mr. Otis, haleta le gamin, mais il m'est impossible de dîner tant que Virginia n'est pas retrouvée. Je vous en supplie, ne me grondez pas ; si vous aviez autorisé nos fiançailles, l'an dernier, nous n'aurions jamais eu tout ce tracas. Vous n'allez pas me renvoyer, dites ? Je ne peux pas partir ! Je ne le veux pas !

Le ministre ne put s'empêcher de sourire en voyant le jeune et charmant garnement, et fut vivement touché du dévouement qu'il témoignait envers Virginia ; aussi, se penchant sur son cheval, il lui tapota l'épaule avec bonté, et lui dit :

— Ma foi, Cecil, puisque vous ne voulez pas faire demi-tour, je suppose qu'il faut que vous m'accompagniez ; mais il faut que je vous trouve un chapeau à Ascot.

— Oh ! peu importe mon chapeau ! C'est Virginia qu'il me faut ! s'écria le petit duc, en riant, et ils se dirigèrent au galop vers la gare du chemin de fer.

Mr. Otis s'y enquit auprès du chef de gare pour savoir si l'on n'avait pas vu, sur le quai, une personne répondant au signalement de Virginia ; mais il ne reçut aucune réponse affirmative. Toutefois, le chef de gare lança des télégrammes le long de la voie, dans les deux sens, et lui donna l'assurance qu'on exercerait une surveillance sérieuse pour la retrouver ; et, après avoir acheté un chapeau pour le petit duc, chez un drapier qui mettait les volets à sa devanture, Mr. Otis poursuivit sa route jusqu'à Bexley, village situé à quelque six kilomètres de là, et qui, lui dit-on, était un lieu de ralliement bien connu des romanichels, car il y avait un vaste pré communal tout proche. Là, ils réveillèrent l'agent de police rural, mais ne purent lui tirer aucun renseignement, et, après avoir parcouru à cheval toute l'étendue du pré, ils firent prendre à leurs montures le chemin du retour, et arrivèrent à Canterville Chase vers onze heures, recrus de fatigue et presque au désespoir. Ils trouvèrent Washington et les jumeaux qui les attendaient à la loge d'entrée, munis de lanternes, car l'avenue était sombre.

On n'avait pas découvert la moindre trace de Virginia. Les romanichels avaient été rejoints dans les prairies de Broley, mais elle n'était pas avec eux, et ils expliquèrent leur brusque départ en disant qu'ils s'étaient trompés dans la date de la foire de Chorton, et étaient partis précipitamment, de peur d'y arriver trop tard. Ils avaient même été fort contrariés en apprenant la disparition de Virginia, car ils étaient reconnaissants à Mr. Otis de les avoir autorisés à camper dans son parc, et quatre d'entre eux étaient restés pour prendre part aux recherches. On avait dragué l'étang aux carpes, et tout le domaine avait été fouillé à fond, mais sans résultat. Il était évident que, pour cette nuit-là tout au moins, Virginia était perdue pour eux; et c'est dans un état d'abattement des plus profonds que Mr. Otis et ses garçons se dirigèrent à pied vers la maison, suivis du palefrenier conduisant les deux chevaux et le poney. Dans le vestibule, ils trouvèrent un groupe de serviteurs effarés, et, étendue sur un canapé dans la bibliothèque, la pauvre Mrs. Otis, presque folle de terreur et d'inquiétude, se faisant poser sur le front des compresses d'eau de Cologne par la vieille gouvernante. Mr. Otis insista sur-le-champ pour qu'elle mangeât quelque chose, et commanda qu'on servît à souper à tout le monde.

Ce fut un repas mélancolique, car à peu près personne ne dit mot, et les jumeaux eux-mêmes étaient consternés et abattus, car ils aimaient beaucoup leur sœur. Lorsqu'ils eurent fini, Mr. Otis, en dépit des supplications du petit duc, leur ordonna à tous d'aller se coucher, disant qu'on ne pouvait rien faire de plus ce soir-là, et qu'il télégraphierait dès le lendemain à Scotland Yard pour qu'on envoyât immédiatement quelques détectives sur les lieux.

Juste au moment où ils sortaient de la salle à manger, minuit commença à sonner lourdement au clocher, et lorsque retentit le dernier coup, ils entendirent un fracas et un cri perçant et soudain; un coup de tonnerre épouvantable ébranla la maison, les sons d'une musique supraterrestre flottèrent dans l'air, un panneau au sommet de l'escalier s'enfonça brusquement dans le mur avec un bruit violent, et la petite Virginia, très pâle et toute blanche, parut sur le palier, portant à la main une cassette. Il ne leur fallut qu'un instant pour monter jusqu'auprès d'elle, à pas précipités. Mrs. Otis l'étreignit passionnément dans ses bras, le duc la couvrit de baisers violents, et les jumeaux exécutèrent une sauvage danse guerrière autour du groupe.

— Grand Dieu ! Mon enfant, où donc étais-tu ? dit Mr. Otis, non sans colère, croyant qu'elle leur avait fait quelque farce stupide.

Cecil et moi, nous avons battu la campagne à ta recherche, et ta mère a été mortellement effrayée. Il ne faut plus jouer de tours semblables !

— Sauf au fantôme ! Sauf au fantôme ! hurlèrent les jumeaux, tout en gambadant en tous sens.

— Ma chérie à moi, Dieu soit loué, tu es retrouvée ! Il ne faudra plus jamais me quitter, murmura Mrs. Otis, tandis qu'elle embrassait l'enfant tremblante et lissait l'or de ses cheveux emmêlés.

— Papa, dit Virginia avec calme, j'étais auprès du fantôme. Il est mort, et il faut que vous veniez le voir. Il avait été bien méchant, mais il a regretté sincèrement tout ce qu'il avait fait, et il m'a donné, avant de mourir, cette boîte de bijoux magnifiques.

Toute la famille la dévisagea, muette de stupéfaction, mais elle était parfaitement grave et sérieuse ; et, se retournant, elle les conduisit, par l'ouverture du lambris, le long d'un étroit couloir secret, Washington fermant la marche avec une bougie allumée qu'il avait saisie sur la table. Ils arrivèrent finalement à une grande porte de chêne, garnie de clous rouillés. Quand Virginia la toucha, elle s'ouvrit en arrière sur ses lourdes paumelles, et ils se trouvèrent dans une petite pièce basse, au plafond voûté, avec une fenêtre minuscule munie de barreaux. Encastré dans le mur, il y avait un énorme anneau de fer, auquel était enchaîné un squelette, étendu de tout son long sur le sol de pierre, et qui paraissait essayer de saisir, de ses longs doigts décharnés, un plat et une cruche à eau de forme démodée qui étaient placés juste hors de sa portée. La cruche avait évidemment été remplie d'eau jadis, car elle était recouverte à l'intérieur d'une moisissure verte. Il n'y avait rien sur le plat, si ce n'est de la poussière amoncelée. Virginia s'agenouilla à côté du squelette, et, joignant ses petites mains, se mit à prier silencieusement, cependant que les autres contemplaient, saisis d'étonnement, la tragédie terrible dont le secret leur était à présent révélé.

— Tiens ! s'écria tout à coup l'un des jumeaux, qui avait regardé par la fenêtre pour essayer de découvrir dans quelle aile de la maison la chambre était située. Tiens ! Le vieil amandier tout desséché a fleuri ! Je vois distinctement les fleurs, au clair de lune.

— Dieu lui a pardonné, dit gravement Virginia, se relevant, et son visage parut s'illuminer d'une lumière splendide.

— Quel ange vous êtes ! s'écria le jeune duc, et il lui passa le bras autour du cou et l'embrassa.

7

Quatre jours après ces curieux incidents, une procession funèbre partit de Canterville Chase vers onze heures du soir. Le corbillard était traîné par huit chevaux noirs, dont chacun portait sur la tête un gros toupet de plumes d'autruche, et le cercueil de plomb était recouvert d'un somptueux poêle de pourpre, sur lequel était brodé en or l'écusson de Canterville. À côté du corbillard et des voitures marchaient les domestiques, portant des torches allumées, et toute la procession était merveilleusement impressionnante.

Lord Canterville, qui conduisait le deuil, était venu tout exprès du pays de Galles pour assister aux obsèques, et il avait pris place dans la première voiture avec la petite Virginia. Puis venaient le ministre des États-Unis et sa femme, puis Washington et les trois garçons, et dans la dernière voiture se trouvait Mrs. Umney. Le sentiment général était que, comme elle avait été effrayée par le fantôme durant plus de cinquante années de sa vie, elle avait le droit de l'accompagner à sa dernière demeure. Une fosse profonde avait été creusée dans l'angle du cimetière, juste sous le vieil if, et l'office funèbre fut dit d'une manière fort impressionnante par le révérend Augustus Dampier.

La cérémonie terminée, les domestiques, conformément au vieil usage conservé dans la famille des Canterville, éteignirent leurs torches, et, au moment où le cercueil était descendu dans la tombe, Virginia s'avança et y déposa une grande croix faite avec des fleurs d'amandier blanches et roses. Au même instant, la lune sortit de derrière un nuage et inonda de ses silencieux rais d'argent le petit cimetière, et, du fond d'un boqueteau lointain, un rossignol se mit à chanter. Virginia songea à la description que lui avait faite le fantôme du Jardin de la Mort, ses yeux s'embuèrent de larmes, et c'est à peine si elle prononça une parole au cours du trajet de retour.

Le lendemain matin, avant que Lord Canterville fût reparti pour Londres, Mr. Otis eut un entretien avec lui, au sujet des bijoux que le fantôme avait donnés à Virginia. Ils étaient absolument magnifiques, en particulier certain collier de rubis avec une monture vénitienne, qui était véritablement un échantillon superbe du XVIe siècle, et leur valeur était si considérable que Mr. Otis se sentait saisi de scrupules, se demandant s'il pouvait permettre à sa fille de les accepter…

— Milord, dit-il, je sais que dans ce pays la mainmorte doit s'appliquer aux bijoux aussi bien qu'aux terres, et il me paraît parfaitement évident que ces joyaux sont, ou devraient être, des biens d'héritage de votre famille. Je me vois obligé, en conséquence, de vous prier de les emporter à Londres, et de les considérer simplement comme une portion de vos biens, qui vous a été restituée dans certaines circonstances étranges. Quant à ma fille, elle n'est qu'une enfant, et elle ne témoigne encore, je suis heureux de le dire, que peu d'intérêt pour de semblables accessoires d'un luxe oiseux. J'ai appris également, par Mrs. Otis, qui, je puis le dire, s'y connaît assez bien en matière d'art – car elle a eu l'avantage de passer plusieurs hivers à Boston étant jeune fille –, que ces bijoux sont d'une grande valeur marchande, et atteindraient un prix considérable si on les mettait en vente. Dans ces conditions, Lord Canterville, vous reconnaîtrez qu'il me serait absolument impossible d'admettre qu'ils demeurent en la possession d'un membre de ma famille ; et, certes, tous les vains hochets et jouets de ce genre, quelque convenables ou nécessaires qu'ils soient à la dignité de l'aristocratie britannique, seraient complètement déplacés chez ceux qui ont été élevés dans les principes sévères, et, je crois, immortels, de la simplicité républicaine. Peut-être devrais-je ajouter que Virginia est très désireuse que vous lui permettiez de conserver la boîte, à titre de souvenir de votre ancêtre infortuné mais fourvoyé. Comme elle est extrêmement vieille, et par suite en assez mauvais état, il vous paraîtra peut-être possible d'accéder à cette requête. Pour ma part, j'avoue que je suis fort surpris de voir un de mes enfants exprimer de la sympathie envers le médiévisme sous une forme quelconque, et je ne puis me l'expliquer que par le fait que Virginia est née dans l'un de vos faubourgs de Londres, peu après que Mrs. Otis fut revenue d'un court voyage à Athènes.

Lord Canterville écouta avec beaucoup de gravité le discours du digne ministre, tirant de temps à autre sa moustache grise afin de dissimuler un sourire involontaire, et lorsque Mr. Otis eut terminé, il lui serra cordialement la main, et dit :

— Cher monsieur, votre charmante petite fille a rendu à mon malheureux ancêtre, Sir Simon, un service important, et ma famille et moi, nous avons une lourde dette envers elle pour les merveilleuses qualités de courage et de cœur dont elle a fait preuve. Les bijoux sont manifestement à elle, et, parbleu ! je crois que si j'étais assez dénaturé pour les lui enlever, le vieux scélérat aurait quitté sa tombe d'ici quinze jours et m'en ferait voir de dures ! Quant à leur qualité d'héritage, rien n'est héritage qui n'ait été mentionné comme tel dans un testament ou un document juridique, et l'existence de ces bijoux est restée totalement inconnue. Je vous assure que je n'ai pas plus de droits sur eux que votre maître d'hôtel, et quand Miss Virginia sera adulte je gagerais qu'elle sera contente d'avoir de jolies choses à porter. D'ailleurs, vous oubliez, Mr. Otis, que vous avez pris les meubles et le fantôme à leur valeur d'estimation, et que tout ce qui a appartenu au fantôme est passé aussitôt en votre possession, car, quelque activité que Sir Simon ait pu manifester dans le couloir, la nuit, au point de vue juridique, il était effectivement mort, et vous avez acquis ses biens par un achat régulier.

Mr. Otis fut fort contrarié du refus de Lord Canterville et le pria de revenir sur sa décision, mais l'aimable pair tint bon, et amena en fin de compte le ministre à permettre à sa fille de garder le présent que lui avait fait le fantôme ; et quand, au printemps de 1890, la jeune duchesse de Cheshire fut présentée à la Cour à l'occasion de son mariage lors de la première réception de la Reine, ses bijoux provoquèrent l'admiration générale. Car Virginia reçut la couronne ducale, qui est la récompense de toutes les bonnes petites filles américaines, et fut épousée par son jeune amoureux dès qu'il atteignit sa majorité.

Ils étaient tous les deux si charmants, et ils s'aimaient tellement, que tout le monde fut ravi de ce mariage, sauf la vieille marquise de Dumbleton, qui avait essayé de s'approprier le duc pour une de ses sept filles non mariées et qui, dans cette intention, n'avait pas donné moins de trois grands dîners coûteux, et – chose étrange à dire – Mr. Otis lui-même. Mr. Otis aimait beaucoup le jeune duc, à titre personnel, mais, théoriquement, il était opposé aux titres, ou, pour se servir de ses propres paroles,

« n'était pas sans appréhender que, au milieu des influences énervantes d'une aristocratie avide de plaisirs, les principes authentiques de la simplicité républicaine ne fussent oubliés ». Toutefois, ses objections furent complètement écartées, et je crois que lorsqu'il descendit la nef de l'église Saint-George, dans Hanover Square, avec sa fille appuyée à son bras, il n'y avait pas, dans toute l'Angleterre, d'homme plus fier que lui.

Le duc et la duchesse, quand la lune de miel fut terminée, se rendirent à Canterville Chase, et, le lendemain de leur arrivée, ils firent une promenade, l'après-midi, au cimetière solitaire proche des bois de pins. Il y avait eu de grosses difficultés, au début, au sujet de l'épitaphe à inscrire sur la tombe de Sir Simon, mais on avait décidé, en fin de compte, d'y graver simplement les initiales du vieux gentilhomme, avec le verset de la fenêtre de la bibliothèque.

La duchesse avait apporté des roses magnifiques, qu'elle effeuilla sur la tombe, et après qu'ils s'y furent arrêtés quelque temps, ils entrèrent dans le sanctuaire en ruine de l'ancienne abbaye. La duchesse s'assit sur un pilier écroulé, tandis que son mari s'étendait à ses pieds, fumant une cigarette et levant ses regards sur ses beaux yeux. Tout à coup, il jeta sa cigarette, lui prit la main, et lui dit :

— Virginia, une femme ne doit pas avoir de secrets pour son mari.

— Mon cher Cecil ! Je n'ai pas de secrets pour toi.

— Mais si, tu en as un, répondit-il en souriant : tu ne m'as jamais raconté ce qui t'est arrivé quand tu étais enfermée avec le fantôme.

— Je ne l'ai jamais confié à personne, dit gravement Virginia.

— Je le sais, mais tu pourrais me le dévoiler, à moi.

— Je t'en prie, ne me le demande pas, Cecil, je ne puis te le dire. Pauvre Sir Simon ! Je lui dois beaucoup. Oui, ne ris pas, Cecil, c'est vrai. Il m'a fait voir ce qu'est la Vie, ce que signifie la Mort, et pourquoi l'Amour est plus puissant que l'une et que l'autre.

Le duc se leva et embrassa sa femme avec amour.

— Tu peux garder ton secret tant que j'aurai ton cœur, murmura-t-il.

— Cela, tu l'as toujours eu, Cecil.

— Et tu le révéleras quelque jour à nos enfants, n'est-ce pas ?

Virginia rougit.

Le Prince Heureux

Traduction d'Albert Savine

Tout en haut de la cité, sur une petite colonne, se dressait la statue du Prince Heureux.

Elle était toute revêtue de chèvrefeuille d'or fin. Elle avait, en guise d'yeux, deux brillants saphirs et un grand rubis rouge ardait à la poignée de son épée.

Aussi, on l'admirait beaucoup.

— Il est aussi beau qu'une girouette, remarquait un des membres du Conseil de ville qui désirait s'acquérir une réputation de connaisseur en art.

— Seulement, il n'est pas aussi utile, ajoutait-il, craignant qu'on ne le prît pour un homme peu pratique.

Et certes, il ne l'était pas.

— Pourquoi n'êtes-vous pas comme le Prince Heureux ? demandait une mère sensible à son petit garçon qui réclamait la lune. Le Prince Heureux n'aurait jamais songé à demander quelque chose à tout cri.

— Je suis heureux qu'il y ait quelqu'un au monde qui soit tout à fait heureux, murmurait un homme à qui rien n'avait réussi, en regardant la merveilleuse statue.

— Il a vraiment l'air d'un ange, disaient les enfants de la charité en sortant de la cathédrale, vêtus de leurs superbes manteaux écarlates et avec leurs jolies vestes blanches.

— À quoi le voyez-vous ? répliquait le maître de mathématiques, vous n'en avez jamais vu un.

— Oh ! nous en avons vu dans nos rêves, répondaient les enfants.

Et le maître de mathématiques fronçait les sourcils et prenait un air sévère, car il ne pouvait approuver que des enfants se permissent de rêver.

Une nuit, une petite Hirondelle vola à tire-d'aile vers la cité.

Six semaines avant, ses amies étaient parties pour l'Égypte, mais elle était demeurée en arrière.

Elle était éprise du plus beau des roseaux.

Elle l'avait rencontré au début du printemps comme elle volait sur la rivière à la poursuite d'un grand papillon jaune, et sa taille svelte avait eu tant d'attrait pour elle qu'elle s'était arrêtée pour lui parler.

— Vous aimerai-je ? avait dit l'Hirondelle, qui aimait aller droit au but.

Et le roseau lui avait fait un salut profond.

Alors l'Hirondelle avait voleté autour de lui, effleurant l'eau de ses ailes et y traçant des sillages d'argent.

C'était sa façon de faire sa cour, et ainsi s'écoula tout l'été.

— C'est un ridicule attachement, gazouillaient les autres hirondelles. Ce roseau n'a pas le sou, et il a vraiment trop de famille.

En effet, la rivière était toute couverte de roseaux.

Alors que vint l'automne, toutes les hirondelles prirent leur vol.

Quand elles furent parties, leur amie se sentit isolée et commença à se lasser de son amoureux.

— Il ne sait pas causer, disait-elle ; et puis, je crains qu'il ne soit volage, car il flirte sans cesse avec la brise.

Et, certes, toutes les fois qu'il faisait de la brise, le roseau multipliait ses plus gracieuses politesses.

— Je comprends qu'il est casanier, murmurait l'Hirondelle. Moi, j'aime les voyages. Donc, qui m'aime doit aimer à voyager avec moi.

— Voulez-vous me suivre ? demanda enfin l'Hirondelle au roseau.

Mais le roseau secoua sa tête. Il était trop attaché à son chez-lui.

— Vous vous êtes joué de moi, lui cria l'Hirondelle. Je m'en vais aux Pyramides, adieu !

Et l'Hirondelle s'en alla.

Tout le long du jour, elle avait volé et, à la nuit, elle arriva à la ville.

Où chercherai-je un abri ? se dit-elle. J'espère que la ville aura fait des préparatifs pour me recevoir.

Alors, elle aperçut la statue sur la petite colonne.

— Je vais me percher là, cria-t-elle. Le site est joli. Il y a beaucoup d'air frais.

De la sorte elle vint s'abattre tout juste entre les pieds du Prince Heureux.

— J'ai une chambre dorée, se disait-elle doucement après avoir regardé autour d'elle.

Et elle se prépara à dormir.

Mais, comme elle mettait sa tête sous son aile, voici qu'une large goutte d'eau tomba sur elle.

— Comme c'est curieux ! s'écria-t-elle. Il n'y a pas un nuage au ciel, les étoiles sont tout à fait claires et brillantes, et voilà qu'il pleut ! Le climat du nord de l'Europe est vraiment étrange. Le roseau aimait la pluie, mais c'était pur égoïsme de sa part.

Alors une nouvelle goutte vint à tomber.

— À quoi sert une statue, si elle ne garantit pas de la pluie ? fit l'Hirondelle. Je vais chercher un bon auvent de cheminée.

Et elle se décida à prendre son vol plus loin.

Mais avant qu'elle n'ouvrît ses ailes, une troisième goutte tomba.

L'Hirondelle regarda au-dessus d'elle et elle vit…

Ah ! que vit-elle ?

Les yeux du Prince Heureux étaient pleins de larmes, et les larmes coulaient sur ses joues d'or.

Son visage était si beau au clair de lune, que la petite Hirondelle se sentit envahie par la pitié.

— Qui êtes-vous ? dit-elle.

— Je suis le Prince Heureux.

— Alors, pourquoi pleurnichez-vous comme cela ? demanda l'Hirondelle. Vous m'avez presque trempée.

— Quand j'étais vivant et que j'avais un cœur d'homme, répliqua la statue, je ne savais pas ce que c'était que les larmes, car je vivais au Palais de Sans-Souci, dont on ne permet pas l'entrée au chagrin. Le jour, je jouais avec mes compagnons dans le jardin et, le soir, je dansais dans le grand hall. Autour du jardin courait une très haute muraille, mais je n'eus jamais fantaisie de ce qu'il y avait au-delà de cette muraille, tout ce qui m'entourait était si beau. Mes courtisans m'appelaient le Prince Heureux, et certes, j'étais vraiment heureux si le plaisir c'est le bonheur. Ainsi je vécus, ainsi je mourus, et, maintenant que je suis mort, ils m'ont huché si haut que je puis voir toutes les laideurs et toutes les misères de ma ville, et quoique mon cœur soit de plomb, il ne me reste d'autre ressource que de pleurer.

— Quoi ! il n'est pas d'or de bon aloi, pensa l'Hirondelle à part elle.

Elle était trop bien élevée pour faire tout haut aucune remarque sur les gens.

— Là-bas, continua la statue, de sa voix basse et musicale, là-bas, dans une petite rue, il est une pauvre maison. Une des fenêtres est ouverte et, par elle, je puis voir une femme assise à une table. Son visage est amaigri et usé. Elle a des mains épaisses, rougeaudes, toutes piquées par l'aiguille, car elle est couturière. Elle brode des fleurs de la Passion sur une robe de satin que doit porter, au prochain bal de la Cour, la plus belle des demoiselles d'honneur de la Reine. Dans un lit, au coin de la chambre, gît son petit garçon malade. Il a la fièvre et il demande des oranges. Sa mère n'a rien à lui donner que de l'eau de la rivière. Aussi il pleure. Hirondelle, Hirondelle, petite Hirondelle, ne voulez-vous pas lui porter le rubis de la garde de mon épée ? Mes pieds sont attachés au piédestal et je ne puis bouger.

— Je suis attendue en Égypte, répondit l'Hirondelle. Mes amies voltigent de-çà de-là sur le Nil et bavardent avec les grands lotus. Bientôt elles iront dormir dans le tombeau du Grand Roi. Le Roi y est lui-même dans son cercueil de bois. Il est enveloppé d'une toile jaune et embaumé avec des aromates. Autour de son cou, il a une chaîne de jade vert pâle et ses mains sont comme des feuilles sèches.

— Hirondelle, Hirondelle, petite Hirondelle, dit le Prince, ne resterez-vous pas avec moi une nuit, et ne serez-vous pas ma messagère ? L'enfant a tant soif et la mère est si triste.

— Je ne pense pas que j'aime les enfants, répondit l'Hirondelle. L'été dernier quand je séjournais au bord de la rivière, deux garçons mal élevés, les enfants du meunier, ne cessaient pas de me jeter des pierres. Certes, ils ne m'atteignaient jamais. Nous autres hirondelles, nous volons trop bien pour cela, et, en outre, je suis d'une famille célèbre par son agilité, mais quand même c'était une marque d'irrespect.

Mais le regard du Prince Heureux était si triste que la petite Hirondelle en fut toute chagrine.

— Il fait bien froid ici, dit-elle, mais je resterai une nuit avec vous et je serai votre messagère.

— Merci, petite Hirondelle, répondit le Prince.

Alors la petite Hirondelle arracha le grand rubis de l'épée du Prince, et, l'emportant dans son bec, prit son vol par-dessus les toits de la ville.

Elle passa sur la tour de la cathédrale où des anges étaient sculptés en marbre blanc.

Elle passa sur le palais et entendit de la musique de danse.

Une belle jeune fille parut sur le balcon avec son amoureux.

— Combien les étoiles sont belles, lui dit-il, et combien est puissante la force de l'amour !

— Je voudrais que ma robe soit prête pour le bal officiel, répondit-elle. J'ai commandé d'y broder des fleurs de la Passion, mais les couturières sont si négligentes.

Elle passa sur la rivière et vit les lanternes suspendues au mât des barques.

Elle passa sur le ghetto et vit les vieux juifs qui faisaient des affaires entre eux et pesaient des monnaies dans des balances de cuivre.

Enfin, elle arriva à la pauvre demeure et y jeta un coup d'œil.

L'enfant s'agitait fiévreusement dans son lit et sa mère s'était endormie tant elle était fatiguée.

L'Hirondelle sautilla dans la chambre et mit le grand rubis sur la table, sur le dé de la couturière.

Puis elle voleta doucement autour du lit, éventant de ses ailes le visage de l'enfant.

— Quelle douce fraîcheur je ressens ! fit l'enfant. Je dois aller mieux.

Et il tomba dans un délicieux sommeil.

Alors l'Hirondelle s'en fut à tire-d'aile vers le Prince Heureux et lui dit ce qu'elle avait fait.

— C'est curieux, remarqua-t-elle, mais maintenant je sens presque de la chaleur, et cependant il fait bien froid.

— C'est parce que vous avez fait une bonne action, répliqua le Prince.

Et la petite Hirondelle commença à réfléchir et alors elle s'endormit. Toutes les fois qu'elle réfléchissait, elle s'endormait.

Quand parut l'aube, elle vola vers la rivière et prit un bain.

— Voilà un remarquable phénomène ! s'écria le professeur d'ornithologie qui passait sur le pont. Une Hirondelle en hiver !

Et il écrivit à ce sujet une longue lettre à une feuille locale. Tout le monde la cita. Elle était pleine de tant de mots qu'on ne pouvait comprendre.

— Ce soir je pars pour l'Égypte, se disait l'Hirondelle.

Et, à cette perspective, elle était toute joyeuse.

Elle visita tous les monuments publics et se reposa longtemps sur le sommet du clocher de l'église.

Partout où elle allait, les pierrots gazouillaient. Ils se disaient les uns aux autres :

— Combien cette étrangère est distinguée !

Cela la remplissait de joie.

Quand la lune se leva, elle retourna à tire-d'aile vers le Prince Heureux.

— Avez-vous quelques commissions pour l'Égypte ? lui cria-t-elle. Je suis sur mon départ.

— Hirondelle, Hirondelle, petite Hirondelle ! dit le Prince, ne resterez-vous pas avec moi encore une nuit ?

— On m'attend en Égypte, répondit l'Hirondelle. Demain mes amies s'y envoleront vers la seconde cataracte. Là l'hippopotame se couche parmi les joncs et le Dieu Memnon se dresse sur un grand trône de granit. Toute la nuit il guette les étoiles, et, quand l'étoile du matin brille, il pousse un cri de joie et ensuite il se tait. À midi, les lions jaunes descendent boire au bord du fleuve. Ils ont des yeux comme des aigues-marines vertes et leurs rugissements sont bien plus éclatants que les rugissements de la cataracte.

— Hirondelle, Hirondelle, petite Hirondelle, dit le Prince, tout là-bas de l'autre côté de la ville, je vois un jeune homme dans un grenier. Il est penché sur un bureau couvert de papiers et, dans un verre à côté de lui, il y a un bouquet de violettes fanées. Sa chevelure est brune et frisée. Ses lèvres sont rouges comme des grains de grenade. Il a de grands yeux rêveurs. Il s'efforce de finir une pièce pour le directeur du théâtre, mais il a trop froid pour écrire davantage. Il n'y a pas de feu dans le galetas et la faim l'a abattu sans forces.

— Je demeurerai encore une nuit avec vous, dit l'Hirondelle, qui avait réellement un bon cœur. Dois-je lui porter un autre rubis ?

— Hélas ! je n'ai plus de rubis, dit le Prince. Mes yeux sont la seule chose qui me reste. Ce sont de rares saphirs qui furent rapportés des Indes il y a un millier d'années. Arrachez l'un d'eux et prenez-le pour lui. Il le vendra à un joaillier. Il achètera de quoi se nourrir et de quoi se chauffer et finira sa pièce.

— Cher Prince, dit l'Hirondelle, je ne puis faire cela.

Et elle se mit à pleurer.

— Hirondelle, Hirondelle, petite Hirondelle ! dit le Prince. Faites ce que je vous commande.

Alors l'Hirondelle arracha l'œil du Prince et s'envola vers le galetas de l'étudiant.

Il était facile d'y pénétrer, car il y avait un trou dans le toit.

L'Hirondelle y entra comme un trait et sautilla par la pièce.

Le jeune homme avait la tête plongée dans ses mains. Il n'entendit pas le trémoussement des ailes de l'oiseau et, quand il releva la tête, il vit le beau saphir couché sur les violettes fanées.

— Je commence à être apprécié, s'écria-t-il. Ceci vient de quelque riche admirateur. Maintenant je puis finir ma pièce.

Et il semblait tout à fait heureux.

Le jour suivant, l'Hirondelle s'envola vers le port.

Elle se reposa sur le mât d'un grand navire et contempla les matelots qui halaient d'énormes caisses hors de la cale avec des cordes.

— Oh-hisse ! criaient-ils à chaque caisse qui arrivait sur le pont.

— Je vais en Égypte, leur cria l'Hirondelle.

Mais personne ne prenait garde à elle et, quand la lune se leva, elle retourna vers le Prince Heureux.

— Je suis venue vous dire adieu, lui dit-elle.

— Hirondelle, Hirondelle, petite Hirondelle ! dit le Prince. Ne resterez-vous pas avec moi encore une nuit ?

— C'est l'hiver, répliqua l'Hirondelle, et la neige glaciale sera bientôt ici. En Égypte, le soleil est chaud sur les palmiers verts. Les crocodiles, couchés dans la boue, regardent paresseusement les arbres au bord du fleuve. Mes compagnes construisent des nids dans le temple de Baalbek. Les colombes roses et blanches les suivent des yeux et roucoulent alternativement. Cher Prince, il faut que je vous quitte, mais je ne vous oublierai jamais et, le printemps prochain, je vous apporterai de là-bas deux beaux joyaux pour remplacer ceux que vous avez donnés. Le rubis sera plus rouge qu'une rose rouge et le saphir sera aussi bleu que la grande mer.

— Là-dessous, dans le square, répliqua le Prince Heureux, stationne une petite marchande d'allumettes. Elle a laissé tomber ses allumettes dans le ruisseau et elles sont toutes gâtées. Son père la battra, si elle ne rapporte pas quelque argent au logis, et elle pleure. Elle n'a ni souliers ni bas et sa petite tête est nue. Arrache-moi mon autre œil et donne-le-lui, et son père ne la battra pas.

— Je passerai encore une nuit avec vous, dit l'Hirondelle, mais je ne puis vous arracher un œil. Alors vous seriez tout à fait aveugle.

— Hirondelle, Hirondelle, petite Hirondelle ! dit le Prince. Faites ce que je vous commande.

Alors l'Hirondelle arracha le second œil du Prince et prit son vol en l'emportant.

Elle s'abattit sur l'épaule de la petite marchande d'allumettes et glissa le joyau dans la paume de sa main.

— Le joli morceau de verre ! s'écria la petite fille.

Et, toute rieuse, elle courut chez elle.

Alors l'Hirondelle revint encore vers le Prince.

— Maintenant vous êtes aveugle, dit-elle. Alors je vais rester avec vous pour toujours.

— Non, petite Hirondelle, dit le pauvre Prince. Il faut que vous alliez en Égypte.

— Je resterai toujours avec vous, dit l'Hirondelle.

Et elle s'endormit entre les pieds du Prince.

Le jour suivant, elle se campa sur l'épaule du Prince et lui conta des récits de ce qu'elle avait vu dans des pays étranges.

Elle lui parla d'ibis rouges qui se tiennent, en longues rangées, sur les rives du Nil et pêchent à coups de bec des poissons d'or, du Sphinx qui est aussi vieux que le monde, vit dans le désert et connaît toutes choses ; des marchands qui marchent lentement près de leurs chameaux et roulent des chapelets d'ambre dans leurs mains ; du roi des montagnes de la Lune, qui est noir comme l'ébène et adore un grand bloc de cristal ; du grand serpent vert qui dort dans un palmier et que vingt prêtres sont chargés de nourrir de gâteaux de miel ; et des pygmées qui naviguent sur un grand lac sur de larges feuilles plates et sont toujours en guerre avec les papillons.

— Chère petite Hirondelle, dit le Prince, vous me dites de merveilleuses choses, mais plus merveilleux est ce que supportent les hommes et les femmes. Il n'y a pas de mystère aussi grand que la misère. Vole par ma ville, petite Hirondelle, et dis-moi ce que tu y vois.

Alors la petite Hirondelle vola par la grande ville et vit les riches qui se réjouissaient dans leurs palais superbes tandis que les mendiants étaient assis à leurs portes.

Elle vola par les ruelles sombres et vit les visages pâles d'enfants mourant de faim qui regardaient avec insouciance les rues noires.

Sous les arches d'un pont, deux petits enfants étaient couchés dans les bras l'un de l'autre pour tâcher de se tenir chaud.

— Comme nous avons faim ! disaient-ils.

— Il ne faut pas rester couchés ici ! leur cria le sergent de ville.

Et ils s'éloignèrent sous la pluie.

Alors l'Hirondelle reprit son vol et alla dire au Prince ce qu'elle avait vu.

— Je suis couvert d'or fin, dit le Prince ; détachez-le feuille à feuille et donnez-le à mes pauvres. Les hommes croient toujours que l'or peut les rendre heureux.

Feuille à feuille, l'Hirondelle arracha l'or fin jusqu'à ce que le Prince Heureux n'eût plus ni éclat ni beauté.

Feuille à feuille, elle distribua l'or fin aux pauvres et les visages des enfants devinrent roses, ils rirent et jouèrent par la rue.

— Maintenant nous avons du pain, criaient-ils.

Alors la neige arriva, et après la neige la glace.

Les rues semblaient être ferrées d'argent tant elles brillaient et étincelaient. De longs glaçons, tels que des poignards de cristal, étaient suspendus aux toits des maisons. Tout le monde se couvrait de fourrures et les petits garçons portaient des toques écarlates et patinaient sur la glace.

La pauvre petite Hirondelle avait froid, toujours plus froid, mais elle ne voulait pas quitter le Prince ; elle l'aimait trop pour cela. Elle picorait les miettes à la porte du boulanger, quand le boulanger ne la regardait pas, et essayait de se réchauffer en battant des ailes.

Mais, à la fin, elle vit qu'elle allait mourir. Elle eut tout juste la force de voler encore une fois sur l'épaule du Prince.

— Adieu, cher Prince ! murmura-t-elle. Permettez que je baise votre main.

— Je suis, heureux que vous partiez enfin pour l'Égypte, petite Hirondelle, dit le Prince. Vous avez séjourné trop longtemps ici, mais il faut me baiser sur les lèvres, car je vous aime.

— Ce n'est pas en Égypte que je vais aller, dit l'Hirondelle. Je vais aller dans la maison de la Mort. La Mort, c'est la sœur du Sommeil, n'est-ce pas ?

Et elle baisa le Prince Heureux sur les lèvres et tomba morte à ses pieds.

À ce moment, un singulier craquement résonna à l'intérieur de la statue comme si quelque chose s'était brisé.

Le fait est que le cœur de plomb s'était fendu en deux.

Vraiment il faisait un terrible froid.

De bonne heure, le lendemain, le maire se promenait dans le square sous la statue avec les conseillers de la ville.

Comme ils dépassaient le piédestal, il leva la tête vers la statue.

— Dieu ! dit-il. Comme le Prince Heureux semble déguenillé !

— Il est vraiment déguenillé ! dirent les conseillers de ville qui étaient toujours de l'avis du maire et eux aussi levèrent la tête pour regarder la statue.

— Le rubis de son épée est tombé, ses yeux ne sont plus en place et il n'est plus du tout doré, dit le maire. Bref, il ne vaut guère plus qu'un mendiant.

— Guère plus qu'un mendiant ! firent écho les conseillers de ville.

— Et voici qu'il a à ses pieds un oiseau mort, continua le maire. Vraiment il faudra faire promulguer un arrêté pour défendre aux oiseaux de mourir ici.

Et le secrétaire de ville prit note de cette idée.

Alors on renversa la statue du Prince Heureux.

— Comme il n'est plus beau, il ne sert plus à rien ! dit le professeur d'art à l'Université.

Alors on fondit la statue dans une fournaise et le maire réunit le conseil en assemblée pour décider ce que l'on ferait du métal.

— Nous pourrions, proposa-t-il, en faire une autre statue. La mienne par exemple.

— Ou la mienne, dit chacun des conseillers de ville.

Et ils se querellèrent.

La dernière fois que j'ai entendu parler d'eux, ils se querellaient toujours.

— Quelle étrange chose ! dit le contremaître de la fonderie. Ce cœur de fonte ne veut pas fondre dans le fourneau, il nous faudra le jeter au rebut.

Les fondeurs le jetèrent sur le tas de détritus où gisait l'Hirondelle morte.

— Apporte-moi les deux choses les plus précieuses de la ville, dit Dieu à l'un de ses anges.

Et l'ange lui apporta le cœur de plomb et l'oiseau mort.

— Tu as bien choisi, dit Dieu. Dans mon jardin du Paradis, ce petit oiseau chantera éternellement et, dans ma cité d'or, le Prince Heureux redira mes louanges.

Le Géant Égoïste

Traduction d'Albert Savine

Chaque après-midi, quand ils revenaient de l'école, les enfants avaient l'habitude d'aller jouer dans le jardin du Géant.

C'était un grand jardin solitaire avec un doux gazon vert. Çà et là, sur le gazon, de belles fleurs brillaient comme des étoiles et il y avait douze pêchers qui, au printemps, fleurissaient une délicate floraison rose et, blanche et à l'automne portaient de beaux fruits.

Les oiseaux perchaient sur les arbres et chantaient si délicieusement que les enfants d'ordinaire arrêtaient leur jeu pour les écouter.

— Comme nous sommes heureux ici ! s'écriaient-ils les uns aux autres.

Un jour, le Géant revint.

Il avait été visiter son ami l'ogre de Cornouailles et il avait séjourné sept ans chez lui. Après que ces sept années furent révolues, il avait dit tout ce qu'il avait à dire, car sa conversation avait des limites et il résolut de rentrer dans son château.

En arrivant, il vit les enfants qui jouaient dans le jardin.

— Que faites-vous là ? cria-t-il d'une voix très aigre.

Et les enfants s'enfuirent.

— Mon jardin est à moi seul, reprit le Géant. Tout le monde doit comprendre cela et je ne permettrai à personne qu'à moi de s'y ébattre.

Alors il l'entoura d'une haute muraille et y plaça un écriteau.

DÉFENSE D'ENTRER
SOUS PEINE
DE POURSUITES

C'était un Géant égoïste.

Les pauvres enfants n'avaient plus de lieu de récréation.

Ils essayèrent de jouer sur la route, mais la route était très poudreuse et pleine de pierres dures et ils ne l'aimaient pas.

Ils avaient pris l'habitude, quand leurs leçons étaient terminées, de se promener autour de la haute muraille et de parler du beau jardin qui était par-delà.

— Que nous y étions heureux ! se disaient-ils les uns aux autres.

Alors le printemps arriva et par tout le pays il y eut de petites fleurs et de petits oiseaux.

Dans le jardin seul du Géant Égoïste, c'était encore l'hiver.

Les oiseaux ne se souciaient plus d'y chanter depuis qu'il n'y avait plus d'enfants et les arbres oubliaient de fleurir.

Une fois, une belle fleur leva sa tête au-dessus du gazon, mais quand elle vit l'écriteau, elle fut si attristée à la pensée des enfants qu'elle se laissa retomber à terre et se rendormit.

Les seules à se réjouir, ce furent la neige et la glace.

— Le printemps a oublié ce jardin, s'écriaient-elles. Alors nous allons y vivre toute l'année.

La neige étala sur le gazon son grand manteau blanc et la glace revêtit d'argent tous les arbres.

Alors elles invitèrent le vent du nord à faire un séjour chez elles.

Il accepta et vint.

Il était enveloppé de fourrures. Il rugissait tout le jour par le jardin et renversait à chaque instant des cheminées.

— C'est un endroit délicieux, disait-il. Nous demanderons à la grêle de nous faire visite.

La grêle arriva, elle aussi.

Chaque jour, pendant trois heures, elle battait du tambour sur le toit du château jusqu'à ce qu'elle eût brisé beaucoup d'ardoises et alors elle tournait autour du jardin aussi vite qu'il lui était possible. Elle était habillée de gris et son souffle était de glace.

— Je ne puis comprendre pourquoi le printemps est si long à venir, disait le Géant Égoïste quand il se mettait à la fenêtre et regardait son jardin blanc et froid. Je souhaite que le temps change.

Mais le printemps ne venait pas. L'été non plus.

Dans tous les jardins, l'automne apporta des fruits d'or, mais il n'en donna aucun au jardin du Géant.

— Il est par trop égoïste, dit-il.

Et toujours c'était l'hiver chez le Géant et le vent du nord, et la grêle, et la glace, et la neige, qui dansaient au milieu des arbres.

Un matin, le Géant, déjà éveillé, était couché dans son lit, quand il entendit une musique délicieuse. Elle fut si douce à ses oreilles qu'il crut que les musiciens du roi devaient passer par là.

En réalité, c'était une petite linotte qui chantait devant sa fenêtre, mais il y avait si longtemps qu'il n'avait entendu un oiseau chanter dans son jardin qu'il lui sembla que c'était la plus belle musique du monde.

Alors la grêle cessa de danser sur la tête du Géant et le vent du nord de rugir. Un délicieux parfum arriva à lui à travers la croisée ouverte.

— Je crois qu'enfin le printemps est venu, dit le Géant.

Et il sauta du lit et regarda.

Que vit-il?

Il vit un spectacle étrange.

Par une petite brèche dans la muraille, les enfants s'étaient glissés dans le jardin et s'étaient huchés sur les branches des arbres. Sur tous les arbres qu'il pouvait voir, il y avait un petit enfant et les arbres étaient si heureux de porter de nouveau des enfants qu'ils s'étaient couverts de fleurs et qu'ils agitaient gracieusement leurs bras sur la tête des enfants.

Les oiseaux voletaient de l'un à l'autre et gazouillaient avec délices et les fleurs dressaient leurs têtes dans l'herbe verte et riaient.

C'était un joli tableau.

Dans un seul coin, c'était encore l'hiver, dans le coin le plus éloigné du jardin.

Là il y avait un tout petit enfant. Il était si petit qu'il n'avait pu atteindre les branches de l'arbre et il se promenait tout autour en pleurant amèrement.

Le pauvre arbre était encore tout couvert de glace et de neige et le vent du nord soufflait et rugissait au-dessus de lui.

— Grimpe donc, petit garçon, disait l'arbre.

Et il lui tendait ses branches aussi bas qu'il le pouvait, mais le garçonnet était trop petit.

Le cœur du Géant fondit quand il regarda au-dehors.

« Combien j'ai été égoïste, pensa-t-il. Maintenant je sais pourquoi le printemps n'a pas voulu venir ici. Je vais mettre ce pauvre petit garçon sur la cime de l'arbre ; puis je jetterai bas la muraille et mon jardin sera à jamais le lieu de récréation des enfants. »

Il était vraiment très repentant de ce qu'il avait fait.

Alors il descendit les escaliers, ouvrit doucement la porte de façade et descendit dans le jardin.

Mais quand les enfants le virent, ils furent si terrifiés qu'ils prirent la fuite et le jardin redevint hivernal.

Seul le petit enfant ne s'était pas enfui, car ses yeux étaient si pleins de larmes qu'il n'avait pas vu venir le Géant.

Et le Géant se glissa derrière lui, le prit gentiment dans ses mains et le déposa Sur l'arbre.

Et l'arbre aussitôt fleurit ; les oiseaux y vinrent percher et chanter et le petit garçon étendit ses deux bras, les passa autour du cou du Géant et l'embrassa.

Et les autres enfants, quand ils virent que le Géant n'était plus méchant, accoururent et le printemps arriva avec eux.

— C'est votre jardin maintenant, petits enfants, dit le Géant.

Et il prit une grande hache et renversa la muraille.

Et quand les gens s'en allèrent au marché à midi, ils trouvèrent le Géant qui jouait avec les enfants dans le plus beau jardin qu'on ait jamais vu.

Toute la journée ils jouèrent et, le soir, ils vinrent dire adieu au Géant.

— Mais où est votre petit compagnon, dit-il, le garçon que j'ai huché sur l'arbre ?

C'était lui que le Géant aimait le mieux parce qu'il l'avait embrassé.

— Nous ne savons pas, répondirent les enfants : il est parti.

— Dites-lui d'être exact à venir ici demain, reprit le Géant.

Mais les enfants dirent qu'ils ne savaient pas où il habitait et qu'avant ils ne l'avaient jamais vu.

Et le Géant devint tout triste.

Chaque après-midi, à la sortie de l'école, les enfants venaient jouer avec le Géant, mais on ne revit plus le petit garçon qu'aimait le Géant. Il était très bienveillant avec tous, mais il regrettait son premier petit ami et souvent il en parlait.

— Que je voudrais le voir, avait-il l'habitude de dire.

Les années passèrent et le Géant vieillit et s'affaiblit. Il ne pouvait plus prendre part au jeu ; il demeurait assis sur un grand fauteuil et regardait jouer les enfants et admirait son jardin.

— J'ai beaucoup de belles fleurs, disait-il, mais les enfants sont les plus belles des fleurs.

Un matin d'hiver, comme il s'habillait, il regarda par la fenêtre. Maintenant il ne détestait plus l'hiver ; il savait qu'il n'est que le sommeil du printemps et le repos des fleurs.

Soudain il se frotta les yeux de surprise et regarda avec attention.

Certes, c'était une vision merveilleuse.

À l'extrémité du jardin, il y avait un arbre presque couvert de jolies fleurs blanches. Ses branches étaient toutes en or et des fruits d'argent y étaient suspendus et sous l'arbre se tenait le petit garçon qu'il aimait.

Le Géant dégringola les escaliers, transporté de joie, et entra dans le jardin. Il se hâta à travers le gazon et s'approcha de l'enfant. Et, quand il fut tout près de lui, son visage rougit de colère et il dit :

— Qui donc a osé te blesser ?

Sur les paumes des mains de l'enfant il y avait les empreintes de deux clous et aussi les empreintes de deux clous sur ses petits pieds.

— Qui a osé te blesser ? cria le Géant. Dis-le-moi. Je vais prendre une grande épée et je le tuerai.

— Non, répondit l'enfant, ce sont les blessures de l'amour.

— Qui est-ce ? dit le Géant.

Et une crainte respectueuse l'envahit et il s'agenouilla devant le petit garçon.

Et le garçon sourit au Géant et lui dit :

— Vous m'avez laissé jouer une fois dans votre jardin. Aujourd'hui vous viendrez avec moi dans mon jardin qui est le Paradis.

Et, quand les enfants arrivèrent cet après-midi-là, ils trouvèrent le Géant étendu mort sous l'arbre, tout couvert de fleurs blanches.

L'Ami dévoué

Traduction d'Albert Savine

Un matin, le vieux Rat d'eau mit sa tête hors de son trou. Il avait des yeux ronds très vifs et d'épaisses moustaches grises. Sa queue semblait un long morceau de gomme élastique noire.

Des petits canards nageaient, dans le réservoir, semblables à une troupe de canaris jaunes et leur mère, toute blanche avec des jambes rouges, s'efforçait de leur enseigner à piquer leur tête dans l'eau.

— Vous ne pourrez jamais aller dans la bonne société si vous ne savez pas piquer votre tête, leur disait-elle.

Et, de nouveau, elle leur montrait comment il fallait s'y prendre. Mais les petits canards ne faisaient nulle attention à ses leçons. Ils étaient si jeunes qu'ils ne savaient pas quel avantage il y a à vivre dans la *société*.

— Quels désobéissants enfants ! s'écria le vieux Rat d'eau. Ils mériteraient vraiment d'être noyés !

— Le Ciel m'en préserve ! répliqua la Cane. Il faut un commencement à tout et des parents ne sauraient être trop patients.

— Ah ! je n'ai aucune idée des sentiments que peuvent éprouver des parents, dit le Rat d'eau. Je ne suis pas un père de famille. En fait, je ne me suis jamais marié et je n'ai jamais songé à le faire. Sans doute l'amour est une bonne chose à sa manière, mais l'amitié vaut bien mieux. Certes, je ne sais rien au monde qui soit plus noble ou plus rare qu'une amitié dévouée.

— Et quelle est, je vous prie, votre idée des devoirs d'un ami dévoué ? demanda une Linotte verte perchée sur un saule tordu et qui avait écouté la conversation.

— Oui, c'est justement ce que je voudrais savoir, fit la Cane, et elle nagea vers l'extrémité du réservoir et piqua sa tête pour donner à ses enfants le bon exemple.

— Quelle question niaise ! cria le Rat d'eau. J'entends que mon ami dévoué me soit dévoué, parbleu !

— Et que ferez-vous en retour ? dit le petit oiseau, s'agitant sur une ramille argentée et battant de ses petites ailes.

— Je ne vous comprends pas, répondit le Rat d'eau.

— Laissez-moi vous conter une histoire à ce sujet, dit la Linotte.

— L'histoire est-elle pour moi ? demanda le Rat d'eau. Si oui, je l'écouterai volontiers, car j'aime les contes à la folie.

— Elle vous est applicable, répondit la Linotte.

Elle s'envola et, s'abattant sur le bord du réservoir, elle conta l'histoire de l'Ami dévoué.

— Il y avait une fois, dit la Linotte, un honnête garçon nommé Hans.

— Était-ce un homme vraiment distingué ? demanda le Rat d'eau.

— Non, répondit la Linotte. Je ne crois pas qu'il fût du tout distingué, sauf par son bon cœur et sa brune et plaisante figure ronde. Il vivait dans une pauvre maison de campagne et tous les jours il travaillait son jardin. Dans tout le terroir, il n'y avait pas de jardin aussi joli que le sien. Il y poussait des œillets de poète, des giroflées, des bourses-à-pasteur, des saxifrages. Il y poussait des roses de Damas, des roses jaunes, des crocus lilas et or, des violiers rouges et blancs. Selon les mois y fleurissaient à tour de rôle églantines et cardamines, marjolaines et basilics sauvages, primevères et iris d'Allemagne, asphodèles et œillets-girofles. Une fleur prenait la place d'une autre fleur. Aussi y avait-il toujours de jolies choses à regarder et d'agréables odeurs à respirer.

Le petit Hans avait beaucoup d'amis, mais le plus dévoué de tous était le grand Hugh le Meunier. Vraiment le riche Meunier était si dévoué au petit Hans qu'il ne serait jamais allé à son jardin sans se pencher sur les plates-bandes, sans y cueillir un gros bouquet ou une poignée de salades succulentes ou sans y remplir ses poches de prunes ou de cerises selon la saison.

— De vrais amis possèdent tout en commun, avait l'habitude de dire le Meunier.

Et le petit Hans approuvait de la tête, souriait et se sentait tout fier d'avoir un ami qui pensait de si nobles choses.

Parfois, cependant, le voisinage trouvait étrange que le riche Meunier ne donnât jamais rien en retour au petit Hans, quoiqu'il eût cent sacs de farine emmagasinés dans son moulin, six vaches laitières et un grand nombre de bêtes à laine ; mais Hans ne troubla jamais sa cervelle de semblables idées. Rien ne lui plaisait davantage que d'entendre les belles choses que le Meunier avait coutume de dire sur la solidarité des vrais amis.

Donc, le petit Hans travaillait son jardin. Le printemps, l'été et l'automne, il était très heureux; mais quand venait l'hiver et qu'il n'avait ni fruits ni fleurs à porter au marché, il souffrait beaucoup du froid et de la faim et souvent il se couchait sans avoir mangé autre chose que quelques poires sèches et quelques mauvaises noix. L'hiver aussi, il était extrêmement isolé, car le Meunier ne venait jamais le voir dans cette saison.

— Il n'est pas bon que j'aille voir le petit Hans tant que dureront les neiges, disait souvent le Meunier à sa femme. Quand les gens ont des ennuis, il faut les laisser seuls et ne pas les tourmenter de visites. Ce sont là du moins mes idées sur l'amitié et je suis certain qu'elles sont justes. Aussi j'attendrai le printemps et alors j'irai le voir: il pourra me donner un grand panier de primevères et cela le rendra heureux.

— Vous êtes certes plein de sollicitude pour les autres, répondait sa femme assise dans un confortable fauteuil près d'un beau feu de bois de pin. C'est un vrai régal que de vous entendre parler de l'amitié. Je suis sûre que le curé ne dirait pas d'aussi belles choses que vous là-dessus, quoiqu'il habite une maison à trois étages et qu'il porte un anneau d'or à son petit doigt.

— Mais ne pourrions-nous engager le petit Hans à venir ici? interrogeait le jeune fils du Meunier. Si le pauvre Hans a des ennuis, je lui donnerai la moitié de ma soupe et je lui montrerai mes lapins blancs.

— Quel niais vous êtes! s'écria le Meunier. Je ne sais vraiment pas à quoi il sert de vous envoyer à l'école. Vous semblez n'y rien apprendre. Parbleu! si le petit Hans venait ici, s'il voyait notre bon feu, notre excellent souper et notre grosse barrique de vin rouge, il pourrait devenir envieux. Or l'envie est une bien terrible chose et qui gâterait les meilleurs caractères. Certes je ne souffrirai pas que le caractère d'Hans soit gâté. Je suis son meilleur ami et je veillerai toujours sur lui et aurai soin qu'il ne soit exposé à aucune tentation. En outre, si Hans venait ici, il pourrait me demander de lui donner un peu de farine à crédit, et cela je ne puis le faire. La farine est une chose et l'amitié en est une autre, et elles ne doivent pas être confondues. Ma foi! ces mots s'orthographient différemment et signifient des choses toutes différentes. Chacun sait cela.

— Comme vous parlez bien, dit la femme du Meunier en lui tendant un grand verre de bière chaude. Je me sens vraiment tout endormie. C'est tout à fait comme à l'église.

— Beaucoup agissent bien, répliqua le Meunier, mais peu savent bien parler, ce qui prouve que parler est de beaucoup la chose la plus difficile et aussi la plus belle des deux.

Et il regarda sévèrement par-dessus la table son jeune fils qui se sentit si honteux de lui-même qu'il baissa la tête, devint presque écarlate et se mit à pleurer dans son thé.

Il était si jeune que vous l'excuserez.

— C'est là la fin de l'histoire ? demanda le Rat d'eau.

— Non pas, répliqua la Linotte. C'est le commencement.

— Alors vous êtes tout à fait en arrière sur votre temps, reprit le Rat d'eau. Tout bon conteur, aujourd'hui, débute par la fin, reprend au début et termine par le milieu. C'est la nouvelle méthode. J'ai entendu cela de la bouche d'un critique qui se promenait autour du réservoir avec un jeune homme. Il traitait la question en maître et je suis sûr qu'il devait avoir raison, car il avait des lunettes bleues et la tête chauve ; et, quand le jeune homme lui faisait quelque observation, il répondait toujours : « Peuh ! » Mais continuez, je vous prie, votre histoire. J'aime beaucoup le Meunier. J'ai moi-même toute sorte de beaux sentiments : aussi y a-t-il une grande sympathie entre nous.

— Bien ! fit la Linotte sautillant tantôt sur une patte et tantôt sur l'autre. Sitôt que l'hiver fut passé, dès que les primevères commencèrent à ouvrir leurs étoiles jaune pâle, le Meunier dit à sa femme qu'il allait sortir et faire visite au petit Hans.

— Ah ! quel bon cœur vous avez ! lui cria sa femme. Vous pensez toujours aux autres. Songez à emporter le grand panier pour rapporter des fleurs.

Alors le Meunier attacha ensemble les ailes du moulin avec une forte chaîne de fer et descendit la colline, le panier au bras.

— Bonjour, petit Hans, dit le Meunier.

— Bonjour, fit Hans s'appuyant sur sa bêche et avec un sourire qui allait d'une oreille à l'autre.

— Et comment avez-vous passé l'hiver ? reprit le Meunier.

— Bien, bien ! répliqua Hans, c'est gentil à vous de vous en informer. J'ai bien eu du mauvais temps à passer, mais maintenant le printemps est de retour et je suis presque heureux… Puis, mes fleurs vont bien donner.

— Nous avons souvent parlé de vous cet hiver, Hans, continua le Meunier, et nous nous demandions ce que vous deveniez.

— C'est bien bon à vous, dit Hans… Je craignais presque que vous m'ayez oublié.

— Hans, je suis surpris de vous entendre parler de la sorte, fit le Meunier. L'amitié n'oublie jamais. C'est ce qu'elle a d'admirable, mais je crains que vous ne compreniez pas la poésie de la vie… Comme vos primevères sont belles, entre parenthèses.

— Certes elles sont vraiment belles, fit Hans, et il est heureux pour moi que j'en aie beaucoup. Je vais les porter au marché et les vendre à la fille du bourgmestre, et avec l'argent je rachèterai ma brouette.

— Vous rachèterez votre, brouette ? Voulez-vous dire que vous l'avez vendue ? C'est un acte bien niais.

— Certes, oui, mais le fait est, répliqua Hans, que j'y étais obligé. Vous le savez, l'hiver est pour moi une très mauvaise saison et je n'avais vraiment pas le sou pour acheter du pain. Donc j'ai vendu d'abord les boutons d'argent de mon habit des dimanches, puis j'ai vendu ma chaîne d'argent et ensuite ma grande flûte. Enfin j'ai vendu ma brouette. Mais maintenant je vais racheter tout cela.

— Hans, dit le Meunier, je vous donnerai ma brouette. Elle n'est pas en très bon état. Un des côtés est parti et il y a quelque chose de tordu aux rayons de la roue, mais malgré cela je vous la donnerai. Je sais que c'est généreux de ma part et beaucoup de gens me trouveraient fou de m'en dessaisir, mais je ne suis pas comme le reste du monde. Je pense que la générosité est l'essence de l'amitié et, en outre, je me suis acheté une nouvelle brouette. Oui, vous pouvez être tranquille… Je vous donnerai ma brouette.

— Merci, c'est vraiment généreux de votre part, dit le petit Hans, et sa plaisante figure ronde resplendit de plaisir. Je puis aisément la réparer, car j'ai une planche chez moi.

— Une planche ! s'écria le Meunier. Parfait ! c'est justement ce qu'il me faut pour le toit de ma grange. Il y a un grand trou et mon blé sera tout humide si je ne le bouche pas. Comme vous avez dit cela à propos ! Il est vraiment à remarquer qu'une bonne action en engendre toujours une autre. Je vous ai donné ma brouette et maintenant vous allez me donner votre planche. Naturellement la brouette vaut beaucoup plus que la planche, mais l'amitié sincère ne remarque jamais ces choses-là. Veuillez me donner tout de suite la planche et je me mettrai aujourd'hui même à l'ouvrage pour réparer ma grange.

— Certainement ! répliqua le petit Hans.

Et il courut à son appentis et en sortit la planche.

— Ce n'est pas une très grande planche, dit le Meunier en la regardant, et je crains que lorsque j'aurai réparé le toit de ma grange, il n'en reste pas assez pour que vous raccommodiez la brouette, mais ce n'est naturellement pas ma faute... Et maintenant, comme je vous ai donné ma brouette, je suis sûr qu'en retour vous voudrez me donner quelques fleurs... Voici le panier, vous aurez soin de le remplir presque entièrement.

— Presque entièrement ? dit le petit Hans presque chagrin, car le panier était de grandes dimensions et il se rendait compte que, s'il le remplissait, il n'aurait plus de fleurs à porter au marché.

Or, il était très désireux de racheter ses boutons d'argent.

— Ma foi, répondit le Meunier, comme je vous ai donné ma brouette, je ne pensais pas que ce fût trop de vous demander quelques fleurs. Je puis me tromper, mais je croyais que l'amitié, l'amitié vraie était affranchie d'égoïsme de quelque espèce que ce soit.

— Mon cher ami, mon meilleur ami, protesta le petit Hans, toutes les fleurs de mon jardin sont à votre disposition, car j'ai un bien plus vif désir de votre estime que de mes boutons d'argent.

Et il courut cueillir ces jolies primevères et en remplir le panier du Meunier.

— Adieu, petit Hans ! dit le Meunier en remontant la colline sa planche sur l'épaule et son grand panier au bras.

— Adieu ! dit le petit Hans.

Et il se mit à bêcher gaiement : il était si content d'avoir la brouette.

Le lendemain, il attachait un chèvrefeuille sur sa porte, quand il entendit la voix du Meunier qui l'appelait de la route. Alors il sauta de son échelle, courut au bas du jardin et regarda par-dessus la muraille.

C'était le Meunier avec un grand sac de farine sur son épaule.

— Cher petit Hans, dit le Meunier, voudriez-vous me porter ce sac de farine au marché ?

— Oh ! j'en suis fâché, dit Hans, mais je suis vraiment très occupé, aujourd'hui. J'ai toutes mes plantes grimpantes à fixer, toutes mes fleurs à arroser, tous mes gazons à faucher à la roulette.

— Ma foi, répliqua le Meunier, je pensais qu'en considération de ce que je vous ai donné ma brouette, il serait peu aimable de votre part de me refuser.

— Oh ! je ne refuse pas ! protesta le petit Hans. Pour tout au monde, je ne voudrais pas agir en ami à votre égard.

Et il alla chercher sa casquette et partit avec le gros sac sur son épaule.

C'était une très chaude journée et la route était atrocement poudreuse. Avant que Hans eût atteint la borne marquant le sixième mille, il était si fatigué qu'il dut s'asseoir et se reposer. Néanmoins il ne tarda pas à continuer courageusement son chemin et arriva enfin au marché.

Après une attente de quelques instants, il vendit le sac de farine à un bon prix et alors il s'en retourna d'un trait chez lui, car il craignait s'il s'attardait trop de rencontrer quelque voleur en route.

— Voilà certes une rude journée, se dit Hans en se mettant au lit, mais je suis content de n'avoir pas refusé, car le Meunier est mon meilleur ami et, en outre, il va me donner sa brouette.

De très bon matin, le lendemain, le Meunier vint chercher l'argent de son sac de farine, mais le petit Hans était si fatigué qu'il était encore au lit.

— Ma parole ! fit le Meunier, vous êtes bien paresseux. Quand je pense que je viens de vous donner ma brouette, il me semble que vous pourriez travailler plus vaillamment. La paresse est un grand vice et, certes, je ne voudrais pas qu'un de mes amis soit paresseux ou apathique. Ne jugez pas mon langage sans façon avec vous. Je ne songerais certes pas à parler de la sorte si je n'étais votre ami. Mais que servirait l'amitié si on ne pouvait dire nettement ce qu'on pense ? Tout le monde peut dire des choses aimables, s'efforcer de plaire et de flatter, mais un ami sincère dit des choses déplaisantes et n'hésite pas à faire de la peine. Tout au contraire, s'il est un ami vrai, il préfère cela, car il sait qu'ainsi il fait du bien.

— Je suis bien fâché, répondit le petit Hans en frottant ses yeux et en enlevant son bonnet de nuit, mais j'étais si fatigué que je croyais que je m'étais couché il y a peu de temps et j'écoutais chanter les oiseaux. Ne savez-vous pas que je travaille toujours mieux quand j'ai entendu chanter les oiseaux ?

— Bon ! tant mieux ! répliqua le Meunier en donnant à Hans une claque dans le dos, car j'ai besoin que vous répariez le toit de ma grange.

Le petit Hans avait grand besoin d'aller travailler dans son jardin, car ses fleurs n'avaient pas été arrosées de deux jours, mais il ne voulut pas refuser au Meunier, car c'était un bon ami pour lui.

— Pensez-vous qu'il ne serait pas amical de vous dire que j'ai à faire ? demanda-t-il d'une voix humble et timide.

— Ma foi, répliqua le Meunier, je ne pensais pas que ce fût beaucoup vous demander, étant donné que je viens de vous faire cadeau de ma brouette, mais naturellement si vous refusez j'irai le faire moi-même.

— Oh ! nullement, s'écria le petit Hans en sautant de son lit.

Il s'habilla et se rendit dans la grange.

Il y travailla toute la journée jusqu'au coucher du soleil et au coucher du soleil le Meunier vint voir où il en était.

— Avez-vous bouché le trou du toit, petit Hans ? cria le Meunier d'une voix gaie.

— C'est presque fini, répondit le petit Hans descendant de l'échelle.

— Ah ! dit le Meunier, il n'y a pas de travail plus délicieux que celui que l'on peut faire pour autrui.

— C'est à coup sûr un privilège de vous entendre parler, répondit le petit Hans qui s'arrêta et essuya son front, un très grand privilège, mais je crains de n'avoir jamais d'aussi belles idées que vous.

— Oh ! elles vous viendront, fit le Meunier, mais vous devriez prendre plus de peine. À présent vous n'avez que la pratique de l'amitié. Quelque jour vous aurez aussi la théorie.

— Le croyez-vous vraiment ? demanda le petit Hans.

— Je n'en doute pas, répondit le Meunier. Mais maintenant que vous avez réparé le toit, vous feriez mieux de rentrer chez vous et de vous reposer ; car, demain, j'ai besoin que vous conduisiez mes moutons à la montagne.

Le pauvre petit Hans n'osa protester et, le lendemain, à l'aube, le Meunier, amena ses moutons près de sa petite ferme et Hans partit avec eux pour la montagne. Aller et revenir lui prirent toute la journée et quand il revint il était si fatigué qu'il s'endormit sur sa chaise et ne se réveilla qu'au jour.

— Quel temps délicieux j'aurai dans mon jardin ! se dit-il, et il allait se mettre à la besogne.

Mais, d'une manière ou d'autre, il n'eut pas le temps de jeter un coup d'œil à ses fleurs : son ami le Meunier arrivait et l'envoyait faire de longues courses ou lui demandait de venir aider au moulin. Parfois le petit Hans était aux abois à la pensée que ses fleurs croiraient qu'il les avait oubliées, mais il se consolait en songeant que le Meunier était son meilleur ami.

— En outre, avait-il coutume de dire, il va me donner sa brouette et c'est un acte de pure générosité.

Donc le petit Hans travaillait pour le Meunier et le Meunier disait beaucoup de belles choses sur l'amitié que Hans écrivait dans un livre de raison et qu'il relisait le soir, car il était lettré.

Or, il arriva qu'un soir le petit Hans était assis près de son feu quand on frappa un grand coup à la porte.

La nuit était très noire. Le vent soufflait et, rugissait autour de la maison si terriblement que d'abord Hans pensa que c'était l'ouragan qui heurtait la porte. Mais un second coup résonna, puis un troisième plus rude que les autres.

— C'est quelque pauvre voyageur, se dit le petit Hans, et il courut à la porte.

Le Meunier était sur le seuil, une lanterne d'une main et une grosse trique de l'autre.

— Cher petit Hans, cria le Meunier, j'ai un grand chagrin. Mon gamin est tombé d'une échelle et s'est blessé. Je vais chercher le médecin. Mais il habite loin d'ici et la nuit est si mauvaise que j'ai pensé qu'il vaudrait mieux que vous alliez à ma place. Vous savez que je vous donne ma brouette. Ainsi il serait gentil à vous de faire en échange quelque chose pour moi.

— Certainement, s'écria le petit Hans. Je suis heureux que vous ayez songé à venir me chercher et je vais partir tout de suite. Mais vous devriez me prêter votre lanterne, car la nuit est si sombre que je crains de tomber dans quelque fossé.

— Je suis désolé, répondit le Meunier, mais c'est ma nouvelle lanterne et ce serait une grande perte si quelque accident lui arrivait.

— Bon ! n'en parlons plus ! Je m'en passerai, fit le petit Hans.

Il endossa son grand manteau de fourrure et sa chaude casquette rouge, noua son cache-nez autour de sa gorge et partit.

Quelle terrible tempête il soufflait. La nuit était si noire que le petit Hans y voyait à peine et le vent si fort qu'il avait peine à marcher. Néanmoins il était très courageux et, après qu'il eut marché près de trois heures, il arriva chez le médecin et frappa à sa porte.

— Qui est là ? cria le médecin en mettant sa tête à la fenêtre de sa chambre.

— Le petit Hans, docteur !

— Que désirez-vous, petit Hans ?

— Le fils du Meunier est tombé d'une échelle et s'est blessé et il faut que vous veniez sur l'heure.

— Très bien ! répliqua le docteur.

Et il harnacha sur-le-champ son cheval, mit ses grandes bottes, prit sa lanterne et descendit l'escalier. Il partit dans la direction de la maison du Meunier, le petit Hans allant à pied derrière lui.

Mais l'orage grossit. La pluie tomba à torrents et le petit Hans ne pouvait ni voir où il allait ni tenir pied au cheval. À la fin il perdit son chemin, erra sur la lande qui était un endroit dangereux plein de trous profonds et où le pauvre Hans se noya.

Le lendemain, des bergers trouvèrent son corps flottant sur une grande mare et le portèrent à sa petite ferme.

Tout le monde alla à l'enterrement du petit Hans, car il était très aimé, et le Meunier figura en tête au deuil.

— J'étais son meilleur ami, dit le Meunier ; il est de droit que j'aie la place d'honneur.

Il prit donc la tête du cortège en long manteau noir et, de temps en temps, il essuyait ses yeux avec un grand mouchoir de poche.

— Le petit Hans est à coup sûr une grande perte pour nous tous, dit le ferblantier, quand les funérailles furent terminées et que le deuil fut confortablement assis à l'auberge à boire du vin aux épices et à manger de bons gâteaux.

— C'est surtout une grande perte pour moi, répondit le Meunier. Ma foi, j'étais assez bon pour me proposer de lui donner ma brouette et maintenant je ne sais qu'en faire. Elle me gêne à la maison et elle est en si mauvais état que si je la vendais je n'en tirerais rien. Certainement je ne donnerai désormais plus rien à personne. On pâtit toujours d'avoir été généreux.

— C'est très juste, fit le Rat d'eau après une longue pause.

— Parfait ! C'est le mot de la fin, dit la Linotte.

— Et que devint le Meunier ? dit le Rat d'eau.

— Oh ! je n'en sais vraiment rien, répliqua la Linotte, et certes cela m'est égal.

— Il est évident que vous n'êtes pas d'une nature sympathique, dit le Rat d'eau.

— Je crains que vous n'ayez pas vu la morale de l'histoire, répliqua la Linotte.

— La quoi ? cria le Rat d'eau.

— La morale.

— Voulez-vous dire que l'histoire a une morale ?

— Certainement, affirma la Linotte.

— Ma foi ! fit le Rat d'eau d'un ton colère, vous auriez dû me le dire avant de commencer. Si vous l'eussiez fait, certainement je ne vous aurais pas écoutée. Certainement je vous aurais dit : « Peuh ! » comme le critique. Mais je puis le dire maintenant.

Et il cria son « Peuh ! » de toute sa voix, donna un coup de queue et rentra dans son trou.

— Et que dites-vous du Rat d'eau ? demanda la Cane qui arriva en patrouillant quelques minutes après. Il a beaucoup de qualités, mais pour ma part, j'ai les sentiments d'une mère et je ne puis voir un célibataire endurci sans que les larmes me viennent aux yeux.

— Je crains de l'avoir ennuyé, répondit la Linotte. Le fait est que je lui ai conté une histoire qui a sa morale.

— Ah ! c'est toujours une chose très dangereuse, dit la Cane.

Et je suis absolument de son avis.

Le Rossignol et la Rose

Traduction d'Albert Savine

— Elle a dit qu'elle danserait avec moi si je lui apportais des roses rouges, gémissait le jeune étudiant, mais dans tout mon jardin il n'y a pas une rose rouge.

De son nid dans l'yeuse, le Rossignol l'entendit.

Il regarda à travers les feuilles et s'émerveilla.

— Pas de roses rouges dans tout mon jardin ! criait l'étudiant.

Et ses beaux yeux se remplissaient de larmes.

— Ah ! de quelle chose minime dépend le bonheur ! J'ai lu tout ce que les sages ont écrit ; je possède tous les secrets de la philosophie et faute d'une rose rouge voilà ma vie brisée.

— Voici enfin l'amoureux vrai, dit le Rossignol. Toutes les nuits je l'ai chanté, quoique je ne le connusse pas ; toutes les nuits je redis son histoire aux étoiles, et maintenant je le vois. Sa chevelure est foncée comme la fleur de la jacinthe et ses lèvres sont rouges comme la rose qu'il désire, mais la passion a rendu son visage pâle comme l'ivoire et le chagrin a mis son sceau sur son front.

— Le prince donne un bal demain soir, murmurait le jeune étudiant, et mes amours seront de la fête. Si je lui apporte une rose rouge, elle dansera avec moi jusqu'au point du jour. Si je lui apporte une rose rouge, je la serrerai dans mes bras. Elle inclinera sa tête sur mon épaule et sa main étreindra la mienne. Mais il n'y a pas de roses rouges dans mon jardin. Alors je demeurerai seul et elle me négligera. Elle ne fera nulle attention à moi et mon cœur se brisera.

— Voilà bien l'amoureux vrai, dit le Rossignol. Il souffre tout ce que je chante : tout ce qui est joie pour moi est peine pour lui. Sûrement l'amour est une merveilleuse chose, plus précieuse que les émeraudes et plus chère que les fines opales. Perles et grenades ne peuvent le payer, car il ne paraît pas sur le marché. On ne peut l'acheter au marchand ni le peser dans une balance pour l'acquérir au poids de l'or.

— Les musiciens se tiendront sur leur estrade, disait le jeune étudiant. Ils joueront de leurs instruments à cordes et mes amours danseront au son de la harpe et du violon. Elle dansera si légèrement que son pied ne touchera pas le parquet et les gens de la Cour en leurs gais atours s'empresseront autour d'elle, mais avec moi elle ne dansera pas, car je n'ai pas de roses rouges à lui donner.

Et il se jetait sur le gazon, plongeait son visage dans ses mains et pleurait.

— Pourquoi pleure-t-il ? demandait un petit lézard vert, comme il courait près de lui, sa queue en l'air.

— Mais pourquoi ? disait un papillon qui voletait à la poursuite d'un rayon de soleil.

— Mais pourquoi donc ? murmura une pâquerette à sa voisine d'une douce petite voix.

— Il pleure à cause d'une rose rouge.

— À cause d'une rose rouge. Comme c'est ridicule !

Et le petit lézard, qui était un peu cynique, rit à gorge déployée.

Mais le Rossignol comprit le secret des douleurs de l'étudiant, demeura silencieux sur l'yeuse et réfléchit au mystère de l'amour.

Soudain il déploya ses ailes brunes pour s'envoler et prit son essor.

Il passa à travers le bois comme une ombre et, comme une ombre, il traversa le jardin.

Au centre du parterre se dressait un beau rosier et, quand il le vit, il vola vers lui et se campa sur une menue branche.

— Donnez-moi une rose rouge, cria-t-il, et je vous chanterai mes plus douces chansons.

Mais le Rosier secoua sa tête :

— Mes roses sont blanches, répondit-il, blanches comme l'écume de la mer et plus blanches que la neige dans la montagne. Mais allez trouver mon frère qui croît autour du vieux cadran solaire et peut-être vous donnera-t-il ce que vous demandez.

Alors le Rossignol vola au rosier qui croissait autour du vieux cadran solaire.

— Donnez-moi une rose rouge, lui cria-t-il, et je vous chanterai mes plus douces chansons.

Mais le Rosier secoua sa tête.

— Mes roses sont jaunes, répondit-il, aussi jaunes que les cheveux des sirènes qui s'assoient sur un tronc d'arbre, plus jaunes que le narcisse qui fleurit dans les prés, avant que le faucheur ne vienne avec sa faux. Mais allez vers mon frère qui croît sous la fenêtre de l'étudiant et peut-être vous donnera-t-il ce que vous demandez.

Alors le Rossignol vola au rosier qui grandissait sous la fenêtre de l'étudiant.

— Donnez-moi une rose rouge, cria-t-il, et je vous chanterai mes plus douces chansons.

Mais l'arbre secoua sa tête.

— Mes roses sont rouges, répondit-il, aussi rouges que les pattes des colombes et plus rouges que les grands éventails de corail que l'océan berce dans ses abîmes, mais l'hiver a glacé mes veines, la gelée a flétri mes boutons, l'ouragan a brisé mes branches et je n'aurai plus de roses de toute l'année.

— Il ne me faut qu'une rose rouge, cria le Rossignol, une seule rose rouge. N'y a-t-il pas quelque moyen que j'en aie une ?

— Il y a un moyen, répondit le Rosier, mais il est si terrible que je n'ose vous le dire.

— Dites-le-moi, fit le Rossignol. Je ne suis pas timide.

— S'il vous faut une rose rouge, dit le Rosier, vous devez la bâtir de notes de musique au clair de lune et la teindre du sang de votre propre cœur. Vous chanterez pour moi, votre gorge appuyée à des épines. Toute la nuit vous chanterez pour moi et les épines vous perceront le cœur : votre sang vital coulera dans mes veines et deviendra le mien.

— La mort est un grand prix pour une rose rouge, répliqua le Rossignol, et tout le monde aime la vie. Il est doux de se percher dans le bois verdissant, de regarder le soleil dans son char d'or et la lune dans son char de perles. Elle est douce, l'odeur des buissons d'aubépines. Elles sont douces, les clochettes bleues qui se cachent dans la vallée et les bruyères qui couvrent la colline. Pourtant, l'amour est meilleur que la vie et qu'est-ce que le cœur d'un oiseau comparé au cœur d'un homme ?

Alors il déploya ses ailes brunes et prit son essor dans l'air. Il passa à travers le jardin comme une ombre et, comme une ombre, il traversa le bois.

Le jeune étudiant était toujours couché sur le gazon là où le Rossignol l'avait laissé et les larmes n'avaient pas encore séché dans ses beaux yeux.

— Soyez heureux, lui cria le Rossignol, soyez heureux, vous aurez votre rose rouge. Je la bâtirai de notes de musique au clair de lune et la teindrai du sang de mon propre cœur. Tout ce que je vous demanderai en retour, c'est que vous soyez un amoureux vrai, car l'amour est plus sage que la philosophie, quoiqu'elle soit sage, et plus fort que la puissance, quoiqu'elle soit forte. Ses ailes sont couleur de feu et son corps couleur de flammes, ses lèvres sont douces comme le miel et son haleine est comme l'encens.

L'étudiant leva les yeux du gazon, tendit l'oreille, mais il ne put comprendre ce que lui disait le Rossignol, car il ne savait que les choses qui sont écrites dans les livres.

Mais l'yeuse comprit et s'attrista, car elle aimait beaucoup le petit Rossignol qui avait bâti son nid dans ses branches.

— Chantez-moi une dernière chanson, murmura-t-elle. Je serai si triste quand vous serez parti.

Alors le Rossignol chanta pour l'yeuse et sa voix était comme l'eau jaseuse d'une fontaine argentine.

Quand il eut fini sa chanson, l'étudiant se releva et tira son calepin et son crayon de sa poche.

— Le Rossignol, se disait-il en se promenant par l'allée, le Rossignol a une indéniable beauté, mais a-t-il du sentiment ? Je crains que non. En fait, il est comme beaucoup d'artistes, il est tout style, sans nulle sincérité. Il ne se sacrifie pas pour les autres. Il ne pense qu'à la musique et, tout le monde le sait, l'art est égoïste. Certes, on ne peut contester que sa voix a de fort belles notes. Quel malheur que tout cela n'ait aucun sens, ne vise aucun but pratique.

Et il se rendit dans sa chambre, se coucha sur son petit grabat et se mit à penser à ses amours.

Un peu après, il s'endormit.

Et, quand la lune brillait dans les cieux, le Rossignol vola au rosier et plaça sa gorge contre les épines.

Toute la nuit, il chanta sa gorge appuyée contre les épines et la froide lune cristalline s'arrêta et écouta toute la nuit.

Toute la nuit, il chanta et les épines pénétraient de plus en plus avant dans sa gorge et son sang vital fluait hors de son corps.

D'abord, il chanta la naissance de l'amour dans le cœur d'un garçon et d'une fille et, sur la plus haute ramille du Rosier, fleurit une rose merveilleuse, pétale après pétale, comme une chanson suivait une chanson.

D'abord, elle était pâle comme la brume qui flotte sur la rivière, pâle comme les pieds du matin et argentée comme les ailes de l'aurore.

La Rose, qui fleurissait sur la plus haute ramille du rosier, semblait l'ombre d'une rose dans un miroir d'argent, l'ombre d'une rose dans un lac.

Mais le Rosier cria au Rossignol de se presser plus étroitement contre les épines.

— Pressez-vous plus étroitement, petit rossignol, disait le Rosier, ou le jour reviendra avant que la Rose ne soit terminée.

Alors le Rossignol se pressa plus étroitement contre les épines et son chant coula plus éclatant, car il chantait comment éclot la passion dans l'âme de l'homme et d'une vierge.

Et une délicate rougeur parut sur les pétales de la Rose comme rougit le visage d'un fiancé qui baise les lèvres de sa fiancée.

Mais les épines n'avaient pas encore atteint le cœur du Rossignol, aussi le cœur de la Rose demeurait blanc, car le sang seul d'un Rossignol peut empourprer le cœur d'une rose.

Et le Rosier cria au Rossignol de se presser plus étroitement contre les épines.

— Pressez-vous plus étroitement, petit rossignol, disait-il, ou le jour surviendra avant que la rose ne soit terminée.

Alors le Rossignol se pressa plus étroitement contre les épines, et les épines touchèrent son cœur, et en lui se développa un cruel tourment de douleur.

Plus amère, plus amère était la douleur, plus impétueux, plus impétueux jaillissait son chant, car il chantait l'amour parfait par la mort, l'amour qui ne meurt pas dans la tombe.

Et la Rose merveilleuse s'empourpra comme les roses du Bengale. Pourpre était la couleur des pétales et pourpre comme un rubis était le cœur.

Mais la voix du Rossignol faiblit. Ses petites ailes commencèrent à battre et un nuage s'étendit sur ses yeux.

Son chant devint de plus en plus faible. Il sentit que quelque chose l'étouffait à la gorge.

Alors son chant lança un dernier éclat.

La blanche lune l'entendit et elle oublia l'aurore et s'attarda dans le ciel.

La Rose rouge l'entendit; elle trembla toute d'extase et ouvrit ses pétales à l'air froid du matin.

L'écho l'emporta vers sa caverne pourpre sur les collines et éveilla de leurs rêves les troupeaux endormis.

Le chant flotta parmi les roseaux de la rivière et ils portèrent son message à la mer.

— Voyez, voyez, cria le Rosier, voici que la Rose est finie.

Mais le Rossignol ne répondit pas: il était couché dans les hautes graminées, mort, le cœur transpercé d'épines.

À midi, l'étudiant ouvrit sa fenêtre et regarda au-dehors.

— Quelle étrange bonne fortune! s'écria-t-il, voici une rose rouge! Je n'ai jamais vu pareille rose dans ma vie. Elle est si belle que je suis sûr qu'elle doit avoir en latin un nom compliqué.

Et il se pencha et la cueillit.

Alors il mit son chapeau et courut chez le professeur, sa rose à la main.

La fille du professeur était assise sur le pas de la porte. Elle dévidait de la soie bleue sur une bobine et son petit chien était couché à ses pieds.

— Vous aviez dit que vous danseriez avec moi si je vous apportais une rose rouge, lui dit l'étudiant. Voilà la rose la plus rouge du monde. Ce soir, vous la placerez près de votre cœur et, quand nous danserons ensemble, elle vous dira combien je vous aime.

Mais la jeune fille fronça les sourcils.

— Je crains que cette rose n'aille pas avec ma robe, répondit-elle. D'ailleurs le neveu du chambellan m'a envoyé quelques vrais bijoux et chacun sait que les bijoux coûtent plus que les fleurs.

— Oh! ma parole, vous êtes une ingrate! dit l'étudiant d'un ton colère.

Et il jeta la rose dans la rue où elle tomba dans le ruisseau.

Une lourde charrette l'écrasa.

— Ingrate! fit la jeune fille. Je vous dirai que vous êtes bien mal élevé. Et qu'êtes-vous après tout? un simple étudiant. Peuh! je ne crois pas que vous ayez jamais de boucles d'argent à vos souliers comme en a le neveu du chambellan.

Et elle se leva de sa chaise et rentra dans la maison.

— Quelle niaiserie que l'amour! disait l'étudiant en revenant sur ses pas. Il n'est pas la moitié aussi utile que la logique, car il ne peut rien prouver et il parle toujours de choses qui n'arriveront pas et fait croire aux gens des choses qui ne sont pas vraies. Bref, il n'est pas du tout pratique et comme à notre époque le tout est d'être pratique, je vais revenir à la philosophie et étudier la métaphysique.

Là-dessus, l'étudiant retourna dans sa chambre, ouvrit un grand livre poudreux et se mit à lire.

Table des matières

Achevé d'imprimer en Italie par Grafica Veneta
en juillet 2015
Dépôt légal janvier 2014
EAN 9782290075906
OTP L21ELLN000561B002

—

Ce texte est composé en Lemonde journal et en Akkurat

—

Conception des principes de mise en page :
mecano, Laurent Batard

—

Composition : PCA

—

ÉDITIONS J'AI LU
87, quai Panhard-et-Levassor, 75013 Paris
Diffusion France et étranger : Flammarion

Librio
600